PIMEÄ ULOTTUVUUS

Pekka Kari

Pimeä ulottuvuus

- Illuusiolle puoliso

© 2024 Pekka Kari
Kannen kuva: Pekka Kari
Taitto: Mainospihlaja Ky

Kustantaja: BoD – Books on Demand, Helsinki, Suomi
Valmistaja: BoD – Books on Demand, Norderstedt, Saksa

ISBN: 978-952-80-7069-6

1 Se puhalsi hengen minuun!
- Sanomatta sanaakaan - elin

- Ne kaksi "reissua" muuttivat elämäni. - Kumpikin kerroillaan. Molemmat tapahtuivat suolla! - Paikka oli sama ja tuttu jo lapsuudesta.

- Minä mietin tänään... - Mitä tapahtui niiden jälkeen?

- Elämäni muuttui - lopullisesti!

- Oikeastaan kertoja oli neljä. Kaksi lyhyttä käyntiä jo pari vuotta aiemmin ja näiden lisäksi käynnit nuorena vielä, mutta viimeksi mainitut eivät liittyneet noihin kahteen "reissuun".

- Mutta jotain minusta jäi sinne noilla "pitemmillä" päiväkausia kestäneillä aamukävelyillä.

- Ja jotain toin ehkä mukanani?

- Muuta kuin lakkoja!

- Tyhjyyden... - Alkuun! - Mutta jotain mitä kannoin tyhjyyden keskelläkin mukanani... - Sisälläni. - Jotain näkymätöntä, joka koski vain omaa sisintäni. - Suo imi jotain pois - sisuksiinsa.

- Mutta se mitä sain sen "pois imeytyneen" tilalle on jotain aivan muuta kuin, mitä voit saada toreilta.

- Ensimmäinen "pitempi" kävely sai minut eristäytymään viikoiksi maailmalta.

- Tai päin vastoin?

- En tiedä?

- Mutta paikka oli aina suonut minulle lohtua kun mieleni oli musta! - Siitä mieleeni tulee se kerta peiton alla nuorena, ja se toinen baarissa, se jolloin tiesin olevani "edesmennyt". - Ajattelen noin lapsuuteni päättymisestä. - Ja tiedän tässä kohtaa syyt paremmin, sen miksi hakeuduin noiden kertojen jälkeen suon laidalle ikään kuin puhdistautumaan... - Tuntien, että jotain puuttui... - Sen tilalla pelko ja jotain muuta - jotain pimeää! - Luonto siellä, suo ja tutut maisemat antoivat minulle voimaa sen pimeyden sijaan...

- Ja muistan kuinka ne maisemat puhuttelivat minua konkreettisesti silloin niillä kahdella "pitemmällä" kävelyllä, eri vuosina. - Puhuttelivat, kohdillaan... - Tiesin aina, että seuraavalla mättäällä on uutta tulossa. - Ja välillä tuntui ikään kuin olisin kävellyt postikortissa sen seesteisen maiseman keskellä. - Vaikka ensimmäisellä kerralla pelkäsin!

- Nykyään en enää mitään!

- Niiden syiden takia. - Suo oli kuin osa minua. - Ja minä sitä! - Tuntui... - Tuntuu vieläkin! - Ja ne tarinat, joita kirjoitin päiväkirjaani silloin, myös niiden merkityksen näen paremmin nyt. - Kuin ikuisuuden kannalta! - Kuin Gobin autiomaa paikallaan ikuisuudessa.

- Ei...! - Huono vertaus!

- Gob on varmaan ollut jotain muuta joskus? - Mutta siellä se seisoo, makaa, tai sijaitsee, on... - Mitä ikinä? - Kuin ikuisen kuiva maapläntti pla-

neetalla kaivaten vettä, joka menisi hukkaan siellä. - Koska vettä tarvittaisiin varmaankin vedenpaisumuksen verran, että tuo paikka heräisi henkiin.
- Joten pisarat eivät riitä siellä?
　- Mutta se mitä sen kamaran alla on? - Gobissa...
　- Yhteys suohoni...?
　- Ei, ajatus karkaa liian kauas! - Huono anekdootti!

- Mitä ihminen etsii?
　- Etsiikö ylipäätään... - Mitään...?
　- Ei!
　- Pitääkö edes...?
　- Hah! - Miten elää elämää? - Se on se mitä ihminen etsii!
　- Jos miettii sitä ollenkaan? - Ja elää vaan! - Miten elää...? - Elämää!
　- Lue filosofiaa on vastaus!

- Valkeat hampaat, unelmani - toteutunut silloin aiemmin jo!
　- Olen onnellinen elämässäni! Minulta ei puutu mitään! - Ja jos puuttuu. - Saan sen!
　- Se vaatii keskittymistä, päätöksentekokykyä ja valikoimiskykyä...!

- Katson sytkäriä kädessäni. - Se on oranssi. - Se on väri.
　- Tänään... - Muistini pomppaa erääseen nuoruuden ajanjaksoon. - Silloin kärsin...

- "Tiedottomuudesta", tiedon puuttumisesta ja yksinäisyys oli läsnä... - Miltei joka puolella. Olin joutunut "vahingossa" paikkaan, jossa en halunnut olla. - Vaikka sinne olin hakeutunutkin.

- Se valinnoista!

- Se juhannuksen "toivoton" yöauringonpaiste siellä ohuen verhokankaan läpi. - Se oli hailakan beesi verho. - Miltei väritön. - Väri! - Niin kuin elämäni tuolloin. - Kulahtaneena se verho roikkui siinä ikkunalla näkösuojaksi, lähinnä - ohut... Kuin todellisuuden ja minun välissä silloin - minulle!

- Niin metsä vastaa kuin sille huudetaan! - Sanotaan! - Minä en huutanut! - Minä itkin sisältä silloin. Mihinkään en päässyt pakoon - sitä tunnetta! - Öistä juhannusaurinkoa!

- Mutta suolla olin turvassa sittemmin kun sinne sen verhon ääreltä hakeuduin!

2 Kirjoittaminen - Klisee

- Kaikki kirjoittamani... - En tiedä? - Tulee muistoista - kai?

   - Mozart... - Mietin hänen elämäänsä.

   - En vertaa sitä omaani - mitenkään. Kunhan mietin.

   - Kaikki mieltymykseni...

   - Ei, en halua miettiä sitä nyt!

   - Siellä on paljon hyvää menneisyydessä. - Värikästä... - Iloja... - Joista osa on ajan kuluessa saanut ikävän leiman.

   - Kaiken kun olisi tajunnut silloin!

   - Hyhmh! - Kliseistä!

- On tylsää, tavallaan, katsoa maailmaa silmiin nykyään. Näen ihmisen silmistä missä hän menee - todellisuudessa. - Se latistaa jotain! - Vaikka tiedän syyt sille!

   - Niin vähän on minulle siinä avaruudessa.

   - Ja silti kaikki! - Tarpeellinen!

   - Se mistä unelmoin!

   - Vaikka se ei ole tarvekalu... - Unelma tai avaruus.

   - Suhteista on kysymys! Se on matematiikkaa - tarkoitan! - Ei muuta!

- En jaksa miettiä... - Minulle riittää kaikki! - Tarpeellinen! - Kunhan vain elän! ja pidän mieleni hyvänä.

- Se suhteista!

- En pidä matematiikasta! - Tai rakastan sen loogisuutta - sitä!

- Mutta en pidä... Laskemisesta!

- Muistan kun haukkasin siellä suolla mustikan lehdestä palasen tunteakseni metsän maun.

- Muistan Ranskan, Egyptin prinsessan Nefertiten ja katakombit ja USA:n sisällissodan!

- Se on historiankirjoissa, mitä tapahtui.

- Ja muistan tulevaisuuden!

- Se on kirjoitettu lehtien lööppeihin!

- Gobin janotessa vettä?

- Janoaako se?

- En tiedä?

- Tietääkö kukaan?

- Luulen, että tietää? - Maa! - Mutta ei kerro!
- Kai se järjestää sinne sitä jos tarvitaan?

- Ellei ihminen omista vettä sitä ennen?

- Homma päätyisi silloin käräjille varmaan!
- Rousseauta tarvittaisiin lakimieheksi!

- Entä se luonnonlaki?

- En muista!

- Mies ja nainen vetävät toisiaan puoleensa. - Bipolariteetti. - Oswald Spengler näki tulevaisuuden?
- Niin kuin Marx tai Orwell?

- Se siitä!

- Miksi televisiossa pyörii vielä mainos?

- Se kannattaa? - Siksi?
- Darwin, luonnollinen valinta... - Nietzsche...
- Höh! matematiikka!

- Se lehti maistui metsälle. - Ei kulinäärinen maku!
- Mutta aito! Se kuiskasi minulle: Sinä elät! - Juon
olutta iltaisin siksi! - Siinä on maanläheisyyttä! - Vil-
jan maku! - Istuva härkä istumassa rauhanpiippui-
neen. - Taas se keskittyminen...! - Meditaatio, Zen...
- Olut... Siinä on ripaus nautinnosta. - Sen malja!
- Shakespeare.... - Oli yksi tai useampi henkilö niin
kuin Buddha - ehkä sisältä? - Tai Dante - psykiat-
rian persoonallisuushäiriöiseksi luokittelema. - Di-
vina commedian alkuteos on kirjoitettu tarkkaan
runomittaan, matemaattisella tarkkuudella, ja se
on luettavissa italiaksi neljällä eri merkityksellä.
- Mikä niistä merkityksistä on oikein? - Vai kaikki?
- Vai sekoitus niistä - jokin mahdollinen? - Vai kaik-
ki niistä?
- Voi matematiikan koukeroita!
- Todennäköisyyslaskenta...?
- Dante hullu mikä hullu!
- Hullu, joka näki toisin - ongelmia ehkä?
- Mies parka olisi tarvinnut terapiaa!
- No, ehkä hän parantui ja eli La Vita Nuovansa?
- Luokitella, luokittaa... - Darwin luokitteli!
- Matematiikka luokittaa... - Reaali- ja rationaa-
lilukuihin.
- Olen aina pitänyt kirkkojen, linnojen, kasar-
mien ja jopa virastotalojen arkkitehtuurista, niiden

kielestä... - Rapatuista taloista. - Niillä on omansa!

- Saan huomenna rahaa! - Ostan paljon olutta! - Juovun... - Lakkaan ajattelemasta!
- Ei, sitä en voi tehdä! - Cogito, ergo sum...
- Katoaisin varmaan?
- Kotonani on lämmin.

- Ajatukseni palaa suolle. - Kaksi kertaa, kaksi "pitkää kävelyä". - Aamut samoillen siellä.
- Päiväkausia...
- Toinen kerta jo tottuneena! - Kaikkeen...
- Ei! - Ei maailmaan voi tottua tietyllä tapaa!
- Elintapoihinsa voi.
- Maailma uusiutuu koko ajan.
- Sitä tarkoitan! - Se ei junnaa paikallaan. - Polje tyhjää pysyen pystyssä... - Juuri ja juuri!
- Polkupyöräilyn taitoa ei voi unohtaa!
- Lihasmuisti!
- Se on kuin tanssimista!
- Harjoitella ja elää hetkessä.
- Rakastan teatteria! - Se elää!
- Elävä taide... - Mikä hyvänsä!
- Elämä on taide?
- Siksi Mozart!
- Ei muuten! Muun vuoksi.
- Se siitä! - Taiteesta!
- Värit puhuvat omaa kieltään.
- Ehkä Dante pitäisi Dalin kanssa laittaa hyllylle
- Järkevyyden edeltä?

- En tiedä?

- Joku leikkaa korvansa irti... - Pietarilta leikattiin. - Joku huutaa rautatieasemalla: Minä olen Jumala!

- Presidentti johtaa... - Koko touhua! - Ei huuda, ei leikkaa vaan demokraattisesti on yhdessä valittu johtamaan!

- Se on oikein!

- Pariisi ja giljotiini käyvät niin elävästi mielessäni. - Ikään kuin olisin tuntenut sen pyövelin.

- Hänellä oli sydän! - Tiedän!

- Eihän ilmankaan voi elää... - Ilman jotain, joka pumppaa... - Kaiken liikkeelle, hapen verisuoniin...

- Se pumppaa! - Kaiken tapahtumaan!

- Aivoihin veri ja happi!

- Suo se puhuu minulle vieläkin.

- Dali... - Se pyöveli. - Eivät sama henkilö!

- Sydän se pumppaa, varastoi... - Ei mitään?

- Kolesterolin? - Elämästä... - Syödystä... - Elämästä?

- En tunne anatomiaa niin hyvin!

- Juon olutta. - Rauhoitun!

- Dali jääköön!

- Sydän, se pumppaa veren käsien lihaksiin, aivoihin. - Nostaa giljotiinin terän!

- Maailmanhistoria!

- Tunsin sen pyövelin unessani!

- Hänellä on sydän ja rakkaus kaikkea kohtaan!

- Hän kuoli!

- Kaikki me kuolemme!

- Hän virui työnsä tehtyään siellä vankiluolassa... - Leikkasivat jalan vielä poikki!

- Hän kieltäytyi kerran työstään! - Lopetti tappamisen... Oikealla kohtaa - hänelle! - Minä muistan hänen kasvonsa siinä unessa. - Hän muistutti hieman minua! - Kaikki tapahtui tarkoituksella... - Se mies pohjoisvaltioiden puolella. - Ansioitunut, mitään pelkäämätön sotilas, hengenluoja. - Hänet tapettiin sen tähden! - Hänen tappajansa ehti pyytää tältä anteeksi ennen kuin tämä kuoli! Ja tämä tappaja sitten luikki karkuun ruodusta ja hakeutui johonkin kievariin kännäämään!

- Se oli vain yksi yksittäinen tarina! - Maailmalta! - Suullista sukuperintöä.

- Isoäitini on syntynyt USA:ssa!

- Donald Trump myös!

- Mutta sillä ei ole väliä!

- Joka tapauksessa se mies kuoli sinne pistimenpisto rinnassaan. - Tunsin sen!

- Dali...

- Ajatus kieppuu.

- Minulla on tälle päivää vielä tehtävää!

- Se mies kuoli kentälle ja toinen sinne vankityrmään!

- Molemmilla oli sydän!

- Pumpata...

- Kammiovärinä... - Koko historia!

- Se mies elää... - Jonkun muistoissa haalistuneena valokuvana. - Minulle ollen yhtä totta kuin uneni!

- Dali, Dali...

- Se on hajoavaa! - Näemme, näemme uudestaan... - Kuolemme välissä! - Henkisesti...

- Mentyämme ehkä harhaan jonkin ulkopuolisen sinne vetämänä?

- Onko Howard Hughes syyllinen lento-onnettomuuksiin? - Tai Von Wrightin veljekset?

- Sytyttikö rintamalle kuollut pohjoisvaltioiden mies koko USA:n sisällissodan?

- Tai Leonardo?

- Hänhän kyllä keksi laskuvarjonkin...

- Minulle jäi kuluneesta kuukaudesta ennen tilipäivää viisi senttiä rahaa.

3 Sirkushuvit

- Nefertiti kaunis...

- Kauneus... - Luokitella, luokillaan kuin Atlaksen hartiat. - Herkuleen urotyöt...

- Hänen hartijansa eivät roikkuneet!

- Sain seitsemännen oluen silti! - Tälle päivää.

- Seitsemän on hyvä numero. - Täydellinen ja epätäydellinen. - Alkuluku.

- En jaksa matematiikkaa!

- Olen alkoholisti. - Tiedän sen! - Keskivaikea...

- Keskivaiheilla sen... - Dali?

- Teen muutakin kuin juon!

- Hemingway ampui itsensä uran jälkeen. - Vai kesken sen?

- Tiedän syyn!

- Se siitä!

- Kurt Cobain myös!

- En tiedä syytä! - Voin vain arvailla!

- Tolkien vetäytyi maailmasta kirjoittamaan tarinoitaan.

- Winston Churchillin lupaukset! - Poliittisesti korrekti mies.

- Korrektimpi kuin Trump.

- Sen miehen kasvot kun hän kuoli sen Etelävaltiolaisen tappamana!

- Suo puhuu minulle vieläkin.

- Muistan joka maastonkohdan kuin uneni!

- Pitkät alushousuni rikkoutuivat kuin oikeaan aikaan. Minulla olisi huomenna varaa ostaa uudet. - Ne ovat kyllä olleet polvesta reiällä jo viikon.

- Käyn suihkussa enää joka toinen päivä kunnolla. - Sille on syynsä!

- Nefertiti olen ihastunut häneen! - Hän on rakkauteni! - Ja kaipaan hänen läsnäoloaan!

- Muistan nuorena miehenä kun minulla meni huonosti ja kyykin tien vieressä villiviinimarjapensaan suojissa paskalla baari-illan jälkeen ja ystäväni kulkivat sitä tietä pitkin ohitseni huomaten minut siellä, ja sen mitä olin tekemässä! - Ja häpesin itseni siinä ulos itsestäni!

- Se nuori mies, minä, siellä toisaalla menneisyydessä hieman tuon jälkeen nojaten biljardikeppiin baarissa pelin edessä ajatellen: Olen edesmennyt!

- Ehkä olinkin...?

- Suo... - Suo! täyttää pääni!

- Nefertiti! - Näin hänet jo nuorena - mielessäni.

- Suo soi päässäni! - Se ei anna minun tehdä mitään väärin!

- Kaipaan hänen kainaloonsa!

- Tiedän Kurt Cobain syyn teolleen!

- Minä tiedän mitä toivo on! - Onnellisuutta!

- Täytän jääkaapin! - Se on konkreettista!

- Ehkä olen eri mies nyt?

- Hiukseni ovat alkaneet tummentua! Muuttua

okran värisistä ruskeiksi!

- Onneksi ei sentään harmaiksi kohta viidestä kymmenestä ikävuodestani huolimatta - Ja näillä elintavoilla!

- Olen puolittanut juomiseni, miltei kaiken! - En hae sillä sitä - juomisen puolittamista!

- Nefertiti!

- Auschwitzin kaasukammioon kynsityt viimeiset elonmerkit! - Ja Tv-sarjojen tarjoama elämä...
- Vastapainoksi sille nykyään?

- En elä unessakaan!

4 Seireenit - Niiden maailma

- Nainen... En enää katsele naisia... - Sillä tapaa!

   - Tai nyt jo viime aikoina olen antanut itselleni luvan. - Mutta en saa siitä oikein mitään enää...

   - Pohdin miksi?

   - Noh, tiedän syyn!

   - En ole leikkikalu itse! - Kellekään!

   - Noh, se siitä!

   - Nefer hänessä oli kaikki!

   - Puolikkaani!

   - Nyt maailmalla!

   - Suo... - Suo...

   - Se mies pohjoisvaltiolainen! Hän oli lempeä...

   - Niin kuin se pyövelikin!

   - Ruokkineet vain pimeää puoltaan!

   - Niin kuin maailma!

   - Se pyöveli, hänen lempeytensä kun astuin vaimoni edellä mestauslavalle ja katsoin tätä elämää pelkäämättä silmiin, ja tämä lopetti virkansa! - Muisti kai ettei tappaa saa? - Ja katsoi samalla lailla takaisin!

   - Veli...

   - Hän on minulle kuin veli! - Muistan kun hän lääkitsi minua aamulla... - Krapulaani oluella, ja kaikki oli hyvin! - Vaikka tapoin hänet siinä unessa, ja pyysin anteeksi! - Minut käskettiin tappamaan se vahvin mies sieltä, mutta vasta kun kiväärin pistin oli tämän rinnassa tajusin kuka tämä on!

- Äiti...

- Miksi en näe lapsiani?

- Kuolin!

- Kuolin sinne suolle!

- Ja sen pyövelin kanssa silloin!

- Täytyy ostaa lisää tupakkaa, vaikka sitä on vielä!

- Mikä on tehtäväni...? - Tänään?

- Äh! - Istun ja yritän olla sekoontumatta naispäämisterimme housuihin ajatuksissani... - Ja juoda vähemmän... - Krapulaani... - Niin kuin veljeni opetti... - Toivoi!

- Se pyöveli elää vielä!

- Hänkin teki vain työtään! - Uskoen hyvään?

- Älä koskaan menetä uskoasi!

- Terä tippui unessani!

- Tyhjään!

- En ollut sen alla!

- Kuolin nälkään nähden vaimoni kuolevan edessäni kidutettuna!

- Sellainen on maailma!

- Lapseni! - On ikävä!

- Vaikka tiedän! - Että pärjäät!

- Paremmin ilman minua... - Ehkä?

- Pesen hampaani kaikesta huolimatta ja otan lääkkeeni. - Se etoo! - Ensimmäinen känni raittiuden jälkeen on kavala! - Haluaisin että kaikki tapahtuu kerralla!

- Nähdä rakkaani! - Kuunnella kaikki biisit yhtä aikaa!

- Mozart!

- Dali.

- Dante!

- Mutta olen luvannut! - Rakkauden tähden!

- Se pyöveli on veljeni!

- Enkä koskaan antaisi hänelle käydä mitään!

- Äitimme nimesi hänet kuninkaaksi! - Rikhard!

- Hän pitää minusta huolen! - Alkoholismistani! Ja sanoo: Juo vähemmän! - Kuuntelen häntä missä olenkin! Matteuksen huutaessa korvaani: Juo! - Juo perkele! komppaan ääntä ja kohotan lasin unohtaen maailman!

- Alkoholismi: Tapa? - Vaatimus? Kutsu - maailmalta?

- Kuulen veljeni äänen: Älä tee seuraavaa!

- Tottelen! Se on aistimus!

- Minulla ei ole koskaan ollut veljeä!

- Sen miehen kasvot kun pistin lävisti tämän sydämen.... Hän oli odottanut sitä! - Näin sen...!

- Mutta ei minua - siihen!

- Olen elänyt alkoholismin... - Nähnyt kuinka kaapit tyhjenevät!

- Veljeni on ankara!

- Mutta hän on isällinen ja lämmin!

- Se on todellista rakkautta - veljeys!

- Olen ainoa lapsi!

- Hän, veljeni, on kuin Jumalan kosketus? - Gobissa...?

- Olenko saunonut liikaa ja unohtunut sinne?

- No, veljeni tulisi hakemaan! - Ei ole hätää! hän sanoisi! - Ei sinun tule olla huolissasi mistään! - Älä kuuntele liikaa Matteusta! Hän ei ole siellä saunassa kanssasi! - Hän on päässäsi!

- Veljeni hyväksyy minut! Se lämpö hänessä!

- Ja sen jälkeen katson kun hän romahtaa sohvallansa tulevaisuuden huoliinsa!

- Kukaan ei voi olla yhtä huoleton kuin isäni!

- Äiti... Te opetitte olemaan onnellinen! - Ette muuta!

- Mutta minä tapoin veljeni!

- Olenko Kain?

- Vai maailmako vaati?

- Lopetan ajattelun! - Ja odotan, että veljeni hakee minut saunasta!

- Suo... - Kävelen siellä vieläkin! - Osittain kai!

- En saa selvää...

5 Häpeä

- Ja minä näen lapsuudenystäväni... - Kun hän tulee kohti. - Tukevassa humalassa. - Hänelle piti käydä niin! - Kehoni kieli kiinnittyy naiseen takanani silti...

- Olen löylyistä tupakalla?

- Muistan kirjasta kuinka seitsemän veljestä polttivat saunan.

- Nainen... - Miksi reagoin niin? - Onko se häpeää? - Tässä kohtaa...?

- Ei, en juo vielä lisää. - Veljeni uskon häntä!

- Olen auktoriteettikammoinen! - Hänellä, veljelläni, ei ole auktoriteettia minuun! - Kysymys on kunnioituksesta! - Hän haluaa hyvää minulle! - Ei minusta mitään!

Otan oluen! Veljeni vilkaisee minua olkansa yli! - Mutta ei sano mitään! - Hyväksyy!

- Minä olen täällä vain todistamassa tämän kaiken! - Että se tapahtui! Katson kuinka se lapsuudenystäväni liukastuu kännissä ja törmää liikennemerkkiin!

- Se kaikki on täällä kokoajan!

Veljeni - hän hyväksyy!

- Entinen elämä ei! Vaikka se on läsnä!

- Olenko saunassa? Huudan unestani: Rikhard! Ja se Pohjoisvaltioiden sotilas nyökkää! Muistaen

minut pyydettyäni anteeksi pistimeni tämän sydän-
veressä! - Join sen sitten olemattomaksi siellä kie-
varissa ja kiväärin olin matkalla heittänyt jokeen!
    Veljeni sanoo aina: Älä sinä ota puukkoa kätee-
si! Se ei kuulu sinun käteesi - terä! - Ken miekkaan
tarttuu, se miekkaan hukkuu! - Hän pitää minusta
huolen!
    - Paskat! - Minä taas itsestäni pidän... - En
osaa...!
    - Nefertiti... - Kaipaan sinua!
    - Antakaa minulle syy pitää itsestäni huolta!

- Suo, oli minä muistan... - Keltainen paita!
    - Muut eivät ole olleet suolla!
    - Se toinen kerta! Nefertiti oli siellä! - Keltainen
paita, hän suositteli sitä minulle silloin!
    - Lupasin pitää hänestä huolta ja sain reissulta
mukaani arvopaperin, mikä kasvattaa omaisuutta-
ni!
    Veljeni hymyilee minulle isällisesti kaivaen tas-
kussaan olevasta askista kurkkupastillin suuhunsa!
- Vaikka hän on pikkuveljeni! - Osaan kyllä pitää
huolen itsestäni! - Hän tietää sen!
    - Onko pankkikorttisi tallessa? hän kysyy ava-
ten saunan oven! - Tulisitko jo pois?
    - Vain lyhyt suihku! - Muista vesilasku!
    - En oikein muista asuinko hänen kanssaan?
    - Täytyy ostaa kynsisakset! - Tulee siitä mieleen!
    - Lähden heti asioilleni?

- Minä muistan sillä toisella kertaa... - Nefer oli mukana ja se maisema jäi hulmuamaan taaksemme kun lähdimme, palasimme takaisin normaaliin jatkaen lenkkipolkua pitkin pois sieltä!

Myöhemmin illalla olen menossa taloyhtiöni etupihalle tupakalle. Sisällä ei saa polttaa. - Hississä haisee joskus pillu tai hajuvesi, toissapäivänä vanha viina!

    - Hän ei vietellyt minua!

    - Kaipaan Nefertiti sinua kainalooni!

- Veljeni sanoi minulle kerran: Minä rakastan sinua! Ja sanoin saman takaisin tarkoittaen sitä niin kuin veljeni!

    - Hän on mahdoton ihminen?

    - Isämme ei koskaan sanonut sitä, että hän rakastaa! Oli vain siinä sanatonna läsnä! Ja piti syyttömänä kunnes toisin todistetaan jos tarvittiin! - Kertoja ei onneksi ollut montaa!

    - Veljelleni hän oli ankara!

- Minulla on vielä Amfetamiinia muutama viiva illaksi. - Harvoin otan!

    - Mietin mikä minusta on tullut?

    - Ja liikennevaloissa nyt mietin halusinko viiniä?

    - Veljeni... - Missä olet?

    - Kaipaan kaikkea kerralla!

    - Muistan...

    - Pitää pestä pyykit!

- Ei ole pesukonetta! - Pesuainetta ostin eilen lisää. - Vanhaa oli vielä pisara jäljellä...

- Ei saa päästää mitään loppumaan! - Viinaakaan!

- Veli auta!

- Kylkiluihini sattuu! Kaaduin eilen liukkaalla kadulla kännissä. Niin kuin kuukausi sittenkin! - Nyt toinen puoli. - Edellinen ei ole vielä parantunut!

- Onko elämä seikkailu?

- Pidä huolta terveydestäsi! Dante ja Jakob Böhme huutavat!

- Lapseni olet minä - turvassa!

- Veli saapuu huoneeseen... - On hiljaa.

- Se mökki jäi lahoamaan. - Perintöni!

- Isä ei ole ylpeä! Pilven päällä?

- Veli hyväksyy!

- Tietää syyn! - Olen rajallinen!

- Kylkiluu on nainen! - Siihen sattuu. - Libido on poissa minusta! Karvat lähteneet sääristäni. - Eeva otti sen, ne, sanoen vain: Minä voin! - Miettimättä ehkä seurauksia... - Tässä elämässä!

Katson paksua persettä edessäni marketissa. - Elintaso tulee mieleeni!

- Viiniä! Matteus huutaa, rääkyy! - Hän on hyvä!

- Joisin kotona mehua!

- Alkoholismini...

- Veli auttaa!

- Maailma on yksinäisyys?

- En tarvitse apua!

- Dante.

- Suo...

- Maisemat siellä! Nefertiti pukeutuneena hassusti röyhelöihin ja nokkaan. - Hänen kultaiset lankansa.... - Näin ne tähän päivään...

- Missä hän on?

- No, Egyptistä on aikaa!

- Hukkasin hänet!

- Saunonko liikaa?

- En... - Kerran kuussa!

- Veli tule hakemaan! On liian kuuma!

- Saanko saunaoluen? - Saanhan!

- Ota itsellesikin! - Niitä on minun repussani runsaasti!

- Sinähän ostat aina kaiken!

- Kummisetäni omisti autokaupan! - Hän oli rikas! Sain häneltä kasettimankan rippilahjaksi! - Paikalle juhliini hän ei päässyt avioeronsa vuoksi!

- Veli laita se ikkuna kiinni! - On kylmä!

- En näe mitään! - Olenko saunassa vai lähdinkö alasti ulos?

- Liikennevalot! Olen yhtä niiden kanssa - kaiken! - Se lohduttaa!

- Ehkä pakkaisin reppuni ja lähtisin kävelemään taas? - Kaipasin kadulle pari kuukautta sitten
- sosiaalisuus! Ja reppuni olisi silloin tien päällä koko ajan selässäni. Sain sen isältäni ja sitten veljeltäni!

- Veljeni hakisi minut pois niin kuin viimeksi-
kin jos viipyisin! - Hän ei ole Simon Kyreneläinen.
- Vaan veli! - Ja hän sanoo: Voimme hakea pari olut-
ta nyt!

Muistan kun pari päivää sitten etsin kolikoita ostos-
kärryistä täällä marketilla. Jääkaappini oli täynnä
ruokaa. - Etsin silti! - Tuoremehun vuoksi! - ...kin!
- Olin ostanut jo viinin!
     - Käteni paleltuivat viime talvena!
     - Tiedän, että veljeni uhrautui erään ihmisen
vuoksi!
     - Olenko Eeva?
     - Vaihdoinko kaiken rulettipöydässä tähän?
- Maailman!
     - En! On vastaus molempiin!

Muistan sen nuoren naisen kioskin kassalta kym-
menen vuoden takaa! - Atooppinen ihottuma kä-
sissään... - Toinen silmä sokea! - Hän ei voinut hen-
kisesti hyvin!
     - Omat käteni ovat kuin merimiehen kädet. - En
tahtonut itse!
     - Veli olet huolissasi! Etten kulkisi kaduilla tässä
kunnossa missä miltei en tiedä missä olen!
     - Haluat, että juon vähemmän!
     - Yritän vain tehdä työni!
     - Matteus huutaa korvissani! - Se on oma ääne-
ni!

- Tapoinko minä veljeni?

- Tapoin, mutta pyysin tunteen vallassa anteeksi!

- Dante...

- Mutta hän, he, eivät koskaan jätä minua! - Veljeni hymyilee veljellisesti kuin mies vieressäni vankityrmässä Pariisissa! - Kuolimme kaikki! - Rakkaani Nefertite...! - Veljeni...

- Minä elin pisimpään silloin! - Kuolin nälkään vierellänne... - Ruumiidenne vierellä, kolmessa viikossa kahlehdittuna luolan seinään käsistäni!

- Oletko saanut nukuttua veli? mietin.

- Se olisi tärkeää sinulle!

- Näet sen - tuskani! - Olet sanonut?

- Ei ollut rulettipöytää! - Ei uhkapeliä?

- Nyt olen varma siitä?

- Herään?

- Heräsin jo aiemmin!

- Muistan!

- Nefer... tite! huudan mielessäni kun herään sängylläni potkaistuani seinään!

- Nefer...

- Rakkauteni huutaa sisälläni!

- Rakkaus...

- Maailmaan! - Mahdoton!

- Ei!

- Pyöveli?

- Minun tekee mieli juoda kaupan sisällä! - Ostin myös kynsisakset!

- Ei! Veli ei haluaisi, että juon täällä! - Mutta ymmärtää... Matteuksen muassani!

6 Palkkatyö

- Olen tuhlannut taas kaikki rahat!
    - No, jääkaappi on ruokaa varten!
    - Matteus oletko siellä? huudan jääkaappiin ottaen sieltä oluen. - Olen! jääkaappi vastaa ja olen tyytyväinen!
    - Miksi nämä kaikki pitää juoda kerralla? - En kerkiä ravintolaan syömään siksi!
    - En tiedä onko tarkoituskaan?
    - Ei elämää pidä pelätä!
    - Olin ujo nuorena?
    - Opin syömään puuroa vasta!
    - Vilja ja kasvikset ovat terveellisiä! - Tuoretta, itu sisällään. - Liha jo valmiiksi kuollutta!
    - Syön paljon makkaraa!
    - Olen puolittanut kaiken! - Juomisenkin! - Nefertiti - nähdäkseni millainen olet!
    - Ja olen valmis haasteeseen!
    - Veljeni hakee minut vaikka katuojasta!
    - Minä tiedän tarkoituksen - miksi kuolemme!
    - Enkä enää voi kun elää!
    - Katu allani on kylmä - jäässä!
    - Amfetamiini odottaa kotona! En tiedä vedänkö sen tänään nokkaan?
    - Nefertite olit narkomaani - muistan!

- Olen rikas mies! - Mutta haluaisin ostaa sipuleilleni purkin keittiöön.

- En tiedä onko minusta siihen koskaan?

- Veljeni hyväksyy... Välillä kyllästyy minuun, känniseen hoippumiseeni.

- Hän on vaikea ihminen!

- Mutta rakastan häntä! - Sydämestäni!

- Hän auttaa, ja kestää omillaan!

- Hän kestää!

- Muistan ajan kun hän oli vankilassa!

- Vaarallinen - Hän on!

- Luokiteltu! - Varmaan Darwin, suku tai poliisi teki niin?

- Hän istui siellä yksinäisyydessä!

- Tiedän siitä jotain!

- Silti hän on isoveljeään varten täällä aina!

- Minä tapoin hänet! Hän henkäisi ulospäin kuollessaan ja luin hänen kasvoiltaan: Se olit sinä! - Ei se mitään!

- Mitä tällaisen jälkeen enää ajatella maailmasta?

- Ne haluavat minut työelämään!

- EI! Kävelyni jälkeen! - ...kään!

- Veljeni näkee tuskani! Sen juuret! Hän on aina siinä! Vaikka olisi kaukana!

- Entä jos hän kuolee?

- Ei! Kannan häntä aina mukanani tulevaisuuteen!

- Toivoisin niin, että, hän, veljeni saisi nukkua, ja pitää huolta terveydestään!

- Ei hän sitä minun takiani tee - valvo!

- Mutta kuitenkin!

- Kun hän saisi nukuttua - luolan jälkeen, ja pyövelin...

- Se oli unessani ja Nefertite! - Olen hänestä huolissani!

- Tiedän lain - kohdallani: Amfetamiini nenään heti kun sitä on!

Matteus on tyytyväinen jääkaapissa kananrintafileiden vieressä! - Tiedän, tunnen hänet! Hän oli eräs mies, joka tuli baariin kerran tiskille viereeni - Isäni... oli läsnä! - Niin kuin Rikhardkin, pikkuveljeni.

Kerran hän Rikhard, heiveröinen kun olen, nyhti suutuksissaan myös minulta rintakarvoja.

- Rauhoittui sen jälkeen!

- Lopullisesti!

- Ei suuttunut enää kellekään! Vaan sanoi minulle: Sinulla, olet ainoa, on oikeus rauhoittaa minua! - Ja silloin sitten sen jälkeen siellä alikulkutunnelissa! Hän aikoi potkaista mieheltä pään irti iso puukko mukanaan! Sanoin vain: Ei ole sinun aikasi! - Lusia... Tarkoitin! Ja veljeni toki tajusi! Ja meni metsään hakkaamaan itsensä! Tullen takaisin rauhoittuneena!

- Nefertite... - Oletko lähempänä kuin arvaankaan?

- Et... - Nefertite!

- Olitko vain heijastus kuolemastani?

- Rakastan sinua Nefertite!

- En tiedä miksi?

Herään kännissä sängyltäni! - En tiedä onko päivä vai yö? - Kello näyttää seitsemää. Odotan aamuaurinkoa jaksamatta nousta ylös! - Minulla on nälkä!

Nousen vartin päästä ja totean olevan vielä sama ilta.

- Se pyöveli näytti lempeältä!

Otin Amfetamiinin! - En välitä niin kuin silloin...

- Muistan kuinka veli olit siinä!

- Kuolit...

- Mikä minä olen? - Jääkaappi!

- Nefertiti! - Kaipaan sinua! - Enemmän kuin veljeni!

- Ei hänen täytyy mahtua elämääni tällä kertaa!

- Veli myös, mutta hän uskoi nyt paholaisen syytteeseen... - Eeva!

- En pelkää hänen kuolemaansa - veljeni!

- Se on hänen käsissään?

- Muistan Egyptin! - Hän, veljeni, varasti sen kiven sieltä pyramidista lomamatkallaan!

- Matteus huutaa täyden jääkapin oven takaa: Elätkö?

- Elän ja Amfetamiini rauhoittaa minut!

- En mieti, mistä saan lisää!

- En ole narkomaani? - Tai kaipaa...

- Paitsi veljeäni! - Hän polttaa ruohoa! - Antaa minunkin polttaa!

- Nefertite? - Mitä tein?

- Kunpa muistaisin?

7 Mies

- Kunpa muistaisi...
    - Tarvitsen suunnitelman!
    - Ei! - Se on päässäni jo...! - Ollut koko ajan!
    - En tarvitse?
    - Kunpa muistaisin olla selvinpäin!
    - No, se aika koettaa pian! Rahat loppuvat!
    - Matteus huutaa päässäni!
    - Pitää muistaa jumpata!

- Miksi juon?
    - Kaikki on tylsää!
    - En saanut pyykkejä pestyksi eilen!
    - En saa juomisesta enää mitään!
    - En voi olla selvin päinkään!
    - Kemiallinen juttu!
    - Olen vain halunnut nukkua viime ajat!

Danten päässä takoi: Olet kuollut! - Olet kuollut!
- Mutta hän oli elävä!
    - Eikä se ole pyövelin ääni! - Vaan realismin!
    - Se mitä tapahtui...?
    - Olenko saunassa?
    - Veli!
    - Matteus?
    - Oletko se sinä?
    - Olet! tiedän.

- Käyn taistelua!

- En halua juoda!

- En olla selvin päinkään!

- En kestä juuri nyt!

- Kestän kyllä, tiedän!

- Kunhan tiedän mitä teen!

- Korkkasin linja-autossa! - Huomiset, eiliset, kaiken... - Nauttisin hetken!

- Ehkä sitten osaan taas olla! - Ja syödä...

- Se käkätys korvissani alkaa heti jos keskittymiseni herpaantuu hetkeksikään!

- Yritän kestää sitä, että veljeni saisi nukkua!

- Tehtäväni on tärkeä!

- Pysyä hyvällä mielellä!

- Öisin saan vielä erektion! Että muistan, mitä on olla mies!

- Kai...?

- Se on se mitä muistan miehuudesta...

- Ei fallos!

- Eeva vie sen!

- OLEN MIES! - Vielä!

- Mies, joka pystyy huolehtimaan muustakin kuin erektiostaan!

- Sitä on olla mies?

Istun veljeni kotona. Kuuntelen kun hän soittaa syntikkaa! - Minun sieluni hänen musiikissaan! Katson hänen lattialleen. Siellä on revittyjä seteleitä tyhjän lääkepurkin vieressä!

- Hän vapauttaa minut, veljeni, käskee antamaan itselleni anteeksi!

- Unohdin sen! - Hän antaa minulle anteeksi, sen mitä olen tehnyt - veljeni...

- Minä rakastan veljeäni! - Hän näkee tuskani! Sen minkä kanssa taistelen!

- Sen tähden! - Isä... - Hän ei ole isäni! - Hän on veljeni!

- Savusilakoita! Isä olisi halunnut!

- Veljeni olemme kaupassa!

- Muistimmeko ostaa?

- Isä kuka SINUSTA pitää nyt huolen?

- Olit lempeä, isä muistan!

- Olen liian ankara itselleni! Veljeni opetti sen taas! - Olen tulossa sieltä, hänen luotaan. Hän jäi nukkumaan! - Hänen pitäisi rasvata jalkansa! Ne ovat kuivat ja haavoilla kantapäistä!

- Kävelen varmaan vieläkin siellä suolla! - Enkä pääse pois!

- Se paikka on lähellä lapsuudenkotiani! - Koti...

- Lasimaalaukset ovat kauniita!

- Kaunis taiteenlaji! Värit sulassa sovussa valon määrän kanssa!

- Kandela... - Volta! - Ampeeri! - Bell! - Samuel Colt upeita keksijöitä - keksintöjä!

- Marx ei luonut kapitalismia!

Tiedän sen, muutkin sanovat: Ole lempeämpi itsellesi!

- Pitäisi olla!

- Tunnen kyllä psykologian!
- Dante... Voltaire!
- En koskaan kyllästy siteeraamiseeni!
- Pidin pienenä postimerkeistä!
- Paljon....
- Se lasimaalaus... - Se... - En tiedä?
- Kihlattuni... - Hänellä oli sama!
- Kaikki ovat nyt kuolleita!
- Äiti... Pitää mennä häntä katsomaan!
- Käyn aina selvin päin!

- Tänään pelästyin! Jalkani eivät pitäneet! Olivat mennä alta! En toikkaroinut kännissä! Voimani olivat vain pois!
    - Voiko mies seistä niin jaloillaan, ettei tunne enää kipua...? Huomaa vain, että jalat menivät alta?
    - Tunnen kyllä psykologian!
    - Kyllä voi!
    - Hän tarvitsisi naisen... sa!
    - Nefertite!
    - Ettei, mies, unohtuisi ja kuolisi OMAAN itsenäisyytensä!

- Viime päivät olen tuntenut, että jossain on vikaa!
    - Jotain vikaa?
    - Miksi?
    - Jossain on!
    - Ikään kuin en olisi tarpeeksi?
    - En osaa sanoa! - Elää paremmin?
    - Äiti älä ole huolissasi, vaikka tekisin mitä!

- Olen aikuinen mies!
- Ja päätän!
- Osaan... - Katsoa peiliin!
- En pelkää.... Mitään!
- En ole osannut!
- Hieman rämäpäisen holtiton poika? - Mies?
- Eeva vie sen! - Olla mies?
- Saada erektio vielä yöllä!
- Siittää!
- Neitsyt Maria... - Kuka olit?

8 Heijastus

- Uneni ovat muuttuneet oudoiksi!
- Ei! - "Rauhaton" on oikea sana! - Se seestei-
nen metsälampi, joka on siellä jossain vielä. - Siellä
missä ei ole mitään! - Se esittäytyi minulle unessa
uhkaavana! - En tiedä soiko ovikello unessa vai oi-
keasti?
- Nukuin kolmetoista tuntia!
- Olen ollut uupunut!
- En ole syönyt taas tarpeeksi!
- No, se on juomisen huonoja puolia!
- Ehkä opin vielä joskus tasapainon!
- Ja saan syödä...
- En kestä maailmaa selvin päin...
- Siihen asti, kunnes opin, ei auta kuin kestää
tämä näin!
- Selvin päin olemisessa on omat puolensa...
- "Kutistun" jotenkin virallisen kuivaksi virastoih-
miseksi - jos ilmaus sallitaan? - Huumorintajutto-
maksi sellaiseksi!
- Se vie paljon... - Minusta! - Selvinpäin olo!
- Elämäni meni rikki!
- Tai eheytyi?
- En tiedä enää!
- Tiedän sen rakenteen - elämäni!
- Veljeni... - Toivon, että hän jaksaa!
- Hänellä on omat kipunsa!

- En haluaisi olla negatiivinen!
- Enkä edes miettiä sitä!
- Uneni menivät vain oudoiksi...

- Tämä päivä menisi sillä tavalla, että herään johonkin aikaan, jossain kunnossa ihmettelemään kellon- tai vuorokaudenaikaa! - Ehkä joisin lisää? - Jos on juomaa! - Tai huumaisin itseni särkylääkkeillä! - Ne ovat jatkuvaan kipuuni - eivät päähäni!
- Mietin keitänkö toisen kupin kahvia? Mieleni tekisi - sen maun takia!
- Mutta sydämeni saattaisi vain tykytellä siitä - sen juomisesta!
- En haluaisi olla ahne!
- Mutta hyvinvoiva! - En miettiä hampaita pestessä, että miksi oksennan taas?
- Mutta hampaani ovat yhä pestyt nykyäänkin!
- Eikä se ole koko totuus! - En juo kokoaikaa!
- Ihmiset eivät tunnu ymmärtävän unelmaani: Tulla hyväksytyksi tällaisena!
- Sitten kun itse alat hyväksyä itsesi pitkin hampain tuntuu, että maailma näyttää sille ja minulle keskisormea! - Ole parempi! - Ei kukaan halua elää noin! - Tai halua hyväksyä tuollaista!
- Minä haluan!
- Sairauteni vie heidät minulta!
- Käytän aikaani elääkseni normaalisti myös! - Siivoan, tiskaan, hoidan terveyttäni niin kuin voin - sijaan vuoteeni aamulla! - Haluamatta näyttää sillä mitään... - Maailmalle! - Se on vain luontaista mi-

nulle tehdä näitä asioita!

- Veljeni ymmärtää minua! - Ei parjaa, ei soimaa! - Joskus kyllästyy hoippumiseeni! - Mutta ei parjaa!

- Muistan sen nuoren miehen siellä baarissa, se olin minä. - Siitä on pian kolmekymmentä vuotta! - Muistan mitä hän ajatteli, tunsi... - Olen aina tuntenut paljon! - Herkkä!

- Kai mies saa kaivata naisen hellyyttä? - Saan sinusta voimaa! Kun olet siinä! Sanoa, tunnustaa se, tuntea... - Olematta nössö!

- Eeva viet sen!

- Tulla hyväksytyksi!

- Elämäni meni rikki!

- Tai eheytyi?

- En tiedä... - Enää!

- Korkkasin kuitenkin oluen! - Mutta en ensimmäiseksi aamulla krapulaani! - Join appelsiinimehua! - Haluan nauttia! - Muistaa miltä tuntuu syödä salaattia... - Raikasta, salaattia, missä on juusto- ja leipäkuutioita seassa!

- Ei elämäni huonoa ole!

- En minä valita!

- Kunhan haluan vain muistaa!

- Jotain... - Kodin. - Kaikki kaipaavat lapsuuteen joskus!

- Ei... - En sitä halunnut muistaa!

- Maun...

- Joskus kaipaan auringon valoa! - Lapsuudesta! - Haluan muistaa... - En kaivata sitä poikaa... - Olen yhä hän.

- Mahdollisuuden... - Sitä tarkoitan!

- Auringonvalon....

- Joskus tuntuu, että en pääse maailmaan kiinni enää!

- Olen aina ollut kaksijakoinen ihminen...

- Ei se pointti oli puolittaa kaikki - harmonia... - Ei elää liian kovaa!

- Sitä teen juuri!

- Tasapaino....

- No, saralla siinä minulla on löytämisensä...

- Älä päihdytä liikaa!

- Tiedän, että huomenna tämä lakkaa hetkesi.

- Sain aamulla syötyä kyllä... - Hieman.

- Nälkä ei kyllä ollut. - Tai halua syödä oikeammin! - Nälkä oli!

- Mutta jään tien päälle muutoin jos en syö!

- Raikas salaatti...

- Riisiä... - Ei paljoa mausteita!

- Veljeni keittää aina spagetin Al denteksi...

- Muistan kun lapsena olimme muuttaneet siihen suon viereen! Muuttoauto ei ollut vielä tullut. Ja söimme äidin kanssa sormin lautasilta pelkkää mausteetonta keitettyä makaronia istuen keittiön lattialla, ilman kalusteita kaikuvassa asunnossa...

- Valinta... - Sitä tarkoitan!

- En sitä etteikö minulla olisi vapaus valita!

- Olisin huomenna selvin päin! Ja "puolittaisin" itseni - Tapani niin...
- Ehkä söisin salaattia!
- Hyväksyntä!
- Olen aina ollut ronkeli ruuan kanssa! Äiti on kertonut, että pienenä en suostunut syömään muuta kuin rusinoita jos niitä pudoteltiin minulle lattialle ja sain kontata niitä sieltä hakemaan sormin.
- Ja makaronista olen aina pitänyt!
- Veljeni keittää siitä hyvää!
- Dante oli HULLU!
- Joyce kirjoitti tätä samaa sivu sivun perään!
- Sitä en tiedä oliko Joyce hullu?
- Alan kuulostaa kännisen örinältä! Jo omaankin korvaani...!

- Vielä pahempi olisi jos alkaisin kuulostaa kännisten kuorolta!
- Vaikka sanovat, että puheääneni rauhoittaa!
- Mutta minä muistan sen huudon Sodomassa ja Gomorrassa...
- Mutta katkeruus ei kanna mihinkään!
- Job, Luukas...
- Alan mennä tylsäksi kun juon liikaa! - Alan selittää... - Hukkaan pointin!
- Tajuan, minkä veljeni joutuu kantamaan, jakamaan kanssani!
- Katkeruus.... - Ei se, että joskus teki väärin...
- Ei vaan ettei toistaisi sitä!

- Elämäni meni rikki!

- Tai eheytyi...

- Ei vaan pointti oli: Larry Flyntillä oli oikeutensa!

- Niin minullakin!

- Nefertite oli hullu! - Narkkasi itsensä lepositeisiin!
- Mutta hänen valoisuutensa... - Hänen hellyytensä!
- Muistan kuinka hän kehräsi sylissäni silloin! - Se tuntui taivaalta!

- Sain nähdä hänet silloin...!

- Hänen puheäänensä rauhoitti minut... - Silti!

- Eeva.... - Kylmä kuin kivi! - En tiedä onko hän hullu? - Mutta täynnä traumoja...

- Eikä näe mitä hän tekee!

- Toivottavasti ei kävele päin punaisia liikennevaloja!

- Itse jaksan aina perille!

- Voin kuulostaa kännisten kuorolta!

- Mutta teen silti jotain!

- Kirjoitan!

- En otsani hiessä...

- Oscar Wilde... - Hän ei ehkä nähnyt itseään?

- Dorian Gray... - Ei ruma silti!

- Ehkä Basill Hallwardilla oli ongelma työkalujensa kanssa?

- Ei osannut! - Ja maali, se taulu happani pystyyn!

- Oscar Wilde! Hänellä oli sanomansa!

- Mutta en jaksa siteerata! - Ihmisten pitäisi lukea se itse!

- Muistan huudon ja itkun Sodomassa ja Gomorrassa!

- En sano muuta!

- Pitäisi elää! - Se tuo hien otsalleni!

- Jos ei muuta!

- Osaanko...? - Vielä!

- Vai enää?

- Hamlet.... - Tylsää!

- Mieleni kiertää ympyrää siteerausten viidakossa!

- Kulua puhki... - Kuluttaa...

- Tiedän, miltä se tuntuu...

- Mutta loputtoman vuorijonon takana näen rannan.... - Meri, jota ei tarvitse ylittää...

- Kookospalmut, lämpö...

- Tai se vuorikiipeilijä, joka putosi rotkoon....
- Yksi virhe... Lipeäminen hetkeksi keskittymisestä... - Mietit muuta, ja pudotessasi tiedät ruumiisi murjoutuvan ja jäätyvän yksin alas ikuisiksi ajoiksi! - Ehdit ehkä toivoa, että kuolet heti etkä jää alas virumaan ja miettimään tuota viimeistä...

- Pitikö olla tyhmän rohkea? Kuin Narkissos, joka hetkeksi herpaantuu ihanasta kuvajaisestaan, sen palvonnasta kuullessaan takaansa tutun äänen...

- Äiti.... - Oletko se sinä?

- Olen! tämä vastaa ei äitini äänellä!

- Dorian Gray... - Kuuro, sokea ja mykkä yhtä aikaa!

- Se oli maalaus.

Narkissos käännähtää nähden takanaan peilin ja käy vilkaisemassa siihen. - Näkee yllään sponsoroidut vaatteensa. - Ei välitä niistä vaan palaa toimeensa lammen rantaan!

Tämän jälkeen käyn salaa vilkaisemassa Narkissoksen peiliin. - Nähdäkseni, sen, peilin taakse. - Peilissä ei näy kummempaa: Minä ja taustalla takanani Narkissos kyykkimässä lammen reunalla. - En näe onko peilin takana mitään - peilikuvasta! - Onko siellä elämää? - Ei, kyllästyn! - Ja kierrän peilin taakse ja kirjoitan sinne tussilla... - Ei, en sitä, että kävin täällä! - Siellä missä ei ole mitään... - Kirjoitan sinne: Ei häpeää!

- Nefer... - Narkissos...? - Nefer, kurkkasitko peiliin takanasi...? - Ja näit vilauksen maailmaa samalla? - Nefertite... - Tekee itse...! - Mitä haluaa! - Hän halusi itselleen niin paljon hyvää, ja mukavuutta ehkä, että oli valmis toivomaan itselleen pahaa? - Ja vahingoittamaan itseään sen saavuttaakseen!

- Se peili meni rikki kotonamme!

- Ranta, jossa SAA levätä!

- Nefer, oletko kunnossa?

- Lapseni...?

- Päivä selvin päin... - Kestää maailma... - Ilman kärsimystä! - Putoamatta kylmään ja yksinäiseen... Saat juuri sormenpäilläsi, kynsilläsi otteen jäisestä

kallion kielekkeestä! - Ei tarvitse miettiä pudotessa:
Kaikki jäi! - Paitsi kalliit sponsoroidut vaatteet yllä!
- Voit huokaista!

- Olen kyllästynyt kipuun! - Teen tämän itselleni!
- Dorian... - Äiti!
- Eivät sama!
- Edvard Munch.
- Lopussa kaikki nivoutuu yhteen.
- Matkalla...?
- Olen kyllästynyt siihenkin!
- En ole... - Väsynyt voin olla!
- Luotan... - Näen rannan ja ehkä nyt en kuole
ennen kuin pääsen sinne!
- Requiem.
- Ei väärä biisi...!

- Himo... - Nainen!
- Ei!
- Taistelen sitäkin vastaan!
- Olen väsynyt taisteluun!

Heräsin kolmelta yöllä. Otin särkylääkkeeni viimei-
sen oluen puolikkaan kanssa. Asunnossani haisee
väkevälle. Söin sipulia illalla!
- Olla mies...
- Eeva... - Vetää suoneen! - Elämää!

9 Tavoite?

- Minä pääsin sinne rannalle!
  - En ole enää suolla!
  - Pääsin pois sieltä!
  - Voitin kuoleman!
  - Ikuisen kuoleman!
  - Ja nyt voisin... - Nyt voisin...
  - Työni on tehty!

- No, ei suinkaan! - Vaan se, työni, vaihtuu kookospähkinän kerääjäksi! - Kookospähkinäfarmiin...
  - Sinä olet kuollut! huutaa päässä Danten ääni.
  - Sinuhe egyptiläisen Minea...
  - Tyhjyys huutaa päässä!
  - Koko homman...!
  - Ehkä kävelen kaupalle ja pudottelen pullonkorkkeja matkalle, että osaan sitten pois!
  - Se filosofiasta!
  - Ei, se on tärkeää!

- Se ranta on tässä... - Läsnä koko ajan.
  - Se tuli kerran suon muodossa!
  - Koti...

Kaksi naista Beatrice ja Nefertiti näyttivät minulle elämäni suuntaviivat. Ja olivat todellisuudessa, ainakin Beatrice, erinäköisiä kuin millaisina minä

heidät muistan!
- Odotan häntä rannalle!

- Ja nyt minulla on hänen tapansa! - Puoliksi!
- Ja huonekalut puoliksi!
- Olen ilman äitiä ja isää!
- Joku viivästyi... - Pahasti kun jätit minut!
- Kirjoitettiin uudelleen!
- Seitsemäs päivä...?
- Muistin sen! - Näin hämärästi sen ilon sarastuksen...
- Kännissä... - Kuusi - seitsemän päivää...!
- Onko jo sunnuntai?
- Ruokalista muuttui?
- Ostoslista muuttui...?
- Perhosvaikutus...

- Mutta en tiedä uskallanko koskea enää maailmassa? - Se vain sörkkisi uudelleen... Jotain, mikä satuttaa minua?
- Nefertite oli valmis, vaikka kestämään pahaa saadakseen sen minkä halusi! - Olin siellä hänen vierellään ja näin hänen kuolinkamppailunsa! - Kun hän jätti minut... Maailman!
- Ne pojat kolme, nuoret miehet urheat, siellä unessani lähtivät sotaan. - Kaikki kuolivat!
- Omaansa... - Siihen sotaansa urheaan ehkä!
- Löytääkseen itsensä arvot? - Sotivat? - En tiedä? - Ja siihen hukkuivat!
- Maailman laajuinen perfektionismi!

- Ei häpeää! - Kirjoitettuna tyhjyyteen. - Sinne missä ei ole mitään!

- Ei ehkä aikaakaan?

- Jotain tapahtui silloin kun Nefertite teki päätöksensä! - Jokin pitkittyi!

- Muistinko käydä kaupassa?

- Olen nyt selvin päin! - Mutta yksi olut pitää hakea illaksi, että saa nukuttua!

- Vietän tänään kotityöpäivää! - En krapulan tuomaan alakuloon vaan iloon!

- Oliko se niin, että hän etsi sydäntään...? - Ja lupautui vaikka seksiorjaksi löytääkseen sen?

- Katsahdan kaupalla nuorta naista, joka on pukeutunut "huomaamattomasti" pornotähdeksi!

- Ei onni ole siellä!

- Ne pojat lähtivät satavuotiseen sotaansa! - Liian nuorina, innokkaina, näyttämään maailmalle!

- Ehkä täynnä vihaa!

- Ylisukupolvellinen kertauma!

- Se siitä perfektionismista!

- Himo toteuttaa ruumiin halun, pyyteen! - Ei sydämen! - Jättäen jälkimmäisen kylmäksi!

- Syöden lopulta ruumiin pois! - Sydämettömän ruumiin!

- Siellä he sotivat!

- Minäkö heidät sinne sysäsin, työnsin...?

- Kuulen sen: Sodoma ja Gomorra!

- Himoa hallitsee oma demoninsa! Jonka voi

päästää sydämensä, ja se pukee sinut...

- Minun pitää todellakin antaa itselleni anteeksi se mitä tein!
- Tajuan sen nyt!
- Kiitos veljeni!
- Aina potkit minua perseelle! Ylös sieltä katuojasta! - Nykyään: Voisitko nousta taas!
- Hänen ei tarvitse käskeä niin kuin aikanaan!
- Ennen hänen piti vaatia! - Kun hän ei tiennyt jaksanko?
- Hän tietää, että nousen!
- Koska rakastan!
- Sitäkin, että hän nostaa!
- Sitä on veljeys!

- Robinson Crusoe! - Hänen rantansa oli eri.
- Mutta lopussa kaikki nivoutuu yhteen!
- Maailmakirjallisuuskin! - Koska ihminen ON AINA takaraivossaan tiennyt sen... - Kaiken!

10 Nykyisyys – Tavoitteet?

- En ole enää siellä suolla kävelemässä!
  - Eikä se ole mikään kirjoista temmottu vertaus-
kuva: Fata Morgana!
  - Vaan olin siellä fyysisesti - Nefertite oli myös!
  - Sillä toisella kertaa! - Avasi sitten myöhemmin
Pandoran lippaan?
  - Hyve on ainoa keino välttää se!
  - Totuus asuu sydämessä!
  - Saan olla tällainen!
  - Siinä se!
  - Mikä sinun tuli? - Nefer.... - Olimme niin kauan
yhdessä!

- Hän oli etsinyt puhdasta... rakkautta!
  - Kun hän sai sen, muuttui se vihaksi hänessä!
  - Mutta toisaalta ymmärrän se hänen seksior-
ja-lupauksensa!
  - Sitäkö rakastin sinussa?
  - Ei, en edes ottanut huomioon - nähnyt sitä!
  - Olinko ensimmäinen, joka hänen Pandoran
lippaastaan löytyi?
  - Minä rakastin pyyteettä, ymmärsin, kuuntelin,
olin siinä, joustin, jaksoin, nautin hänen seurastaan
jokaisesta hänen henkäyksestään siinä vierelläni,
jaoimme kodin!

- No, rakastan vieläkin!

- En oikein osaa muuta sanoa! - Tajusin tämän vasta äsken!

- Mutta se oli hänen lupauksensa! - Ei kukaan halua elää seksiorjuudessa! ymmärrän.

- Mutta ei se edes ollut orjuutta! - Tai minä sitä vaatinut häneltä! - Normaali parisuhde seksielämineen! - Ei mitään nymfomaani-touhua! - Eikä edes joka päivä! - Ihan normaali parisuhde!

- En kertaakaan ihastunut häneen tai ollut rakastunut hullun lailla. - Halusin pitää huolen!

- No, ehkä tunsin ihastusta alusta asti, mutta suljin sen turhana pois. - Eikä minun tarvinnut sulkea sitä edes pois! - Se meni luonnostaan!

- Ihastuin hänen läsnäoloonsa ehkä?

- Ei nyt menen sekaisin!

- Tunsin kyllä ihastusta matkan varrella, mutta se ei jäänyt salaa päälle jos suljin sen pois - luonnollisesti. Se pysyi pois kunnes olimme yhdessä! - Päädyimme vain yhteen!

- Meidän piti mennä naimisiin!

- Olinko naida seksiorjan?

- En ottanut sitä huomioon.

- Niin paljon hän halusi sitä itselleen, että otti minut! - Ja olinkin siinä hänen sylissään. Mutta sitten kuitenkin viha sitä hänen haluamaansa, toivomaansa puhtautta vastaan syttyi tuleen...

- En tiedä! - En jaksa muistaa!

- Rakastan kuitenkin yhä! - En palavasti!

- Haluan hänet siihen vierelleni vain!

- En tiedä enää...

- Koska tuntuu kuin hän kuuluisi siihen!

- Mutta...

- En tiedä, en edes ajatuksissani haluaisi loukata häntä.

- Hän sai mitä halusi!

- Kalasti itsensä siihen...

- Tai siitä pois?

- En tiedä enää!

- Sydämeeni tavallaan sattuu jos hän ajatteli minusta niin: Hän sai mitä halusi- minun muodossani! - Ja sitä hän ei halunnut!

- Ja meni pois siitä, vaikka toivomalla pahaa itselleen ja tehden sitä!

- Hän on katunut! tiedän.

- En tiedä... - Kiintymys oli tunteeni häneen! - Ja hän oli minuun kiintynyt!

- En tiedä enää! - Pääni sekoaa! - Ajattelen... - Liikaa!

- Häntä!

- Sen lupauksensa seksiorjuuden hän oli tehnyt itsensä vuoksi!

- Hänen menettämisensä sattui minua kovasti!

- Hän ei edes luvannut minulle mitään!

- En tiedä, olen vain ihminen!

- Myös se sattui, että muutuin hänen silmissään hirviöksi - sieltä lippaasta!

- Se lippaista!

- Nyt olen käsitellyt asian!

- Ja olen valmis jatkamaan elämääni.

- En itse tajunnut, ajatellut...! - Olin sokea! - Ei kukaan voi etsiä onneaan lupautumalla ensin jonkun, kenen tahansa, seksiorjaksi, ja saada sen onnensa sitten. - Siinä on itsetunto-ongelma, ja se on likaista pohjimmiltaan sellaisena!

- Mutta hän korjasi asian myöhemmin!

- Hän eli tavallaan "sellaista" elämää. Etsi ehkä joskus parisuhdetta jopa aikansa kuluksi?

- Mutta se on likaista! - Edetä rakkaudessa ollen valmis tuollaiseen!

- Se on vain minun mielipiteeni!

- Mutta se ei edes seuraa matematiikan lakeja aloittaa jokin likainen saadakseen puhdasta!

- En tajua!

- Ja olen yksin!

- Vuoteen en edes vilkaissut naisen perään.

- Taisin olla masentunut?

- Kyllä minuun hänestä jäi trauma, ei pelkästään hänestä.

- Minullakin on tunteet!

- Hän ei edes ajatellut sitä! - Vaikka osaa matematiikkaa... - Paremmin kuin minä!

- Olin sokea, ja satutin sillä itseäni - Ja muutuin hirviöksi?

- Okei tajuan!

- En jaksa! - Miettiä!

- Ehkä hän ei edes miettinyt, mitä hän teki kun hänellä oli niin kiire unelmansa perään?

- En koskaan pyytänyt häneltä mitään! - Tai...
Painostanut mihinkään!
- Hän oli itse lupaustensa takana minusta riip-
pumatta!

- Kosinta ehkä... - Hänen... - Oli epätahdikas! - Tuota
luuletko, että meidän pitäisi nyt mennä naimisiin?
hän kysäisi olohuoneen ovelta kun istuin keittiös-
sä. Myönnyin nyökäten ja sanoen: Olen ajatellut si-
tä...! - Ehkä aika on nyt! - Harkitsimme yön yli, ja
tarvittavat paperit haimme heti seuraavana päivä-
nä, ja täytimme ja palautimme ne heti, ja yhdessä...
- Päätettyämme tehdä sen! - Yhteiselomme, asumi-
semme yhdessä kun oli niin dynaamista, hoidim-
me kodin, lemmikit, puoliksi. Meillä oli samat har-
rastukset, arvot, ja kiinnostuksenkohteet. - Lukuun
ottamatta sitä hänen pyöräilyään. Minulla kun ei
ollut pyörää. - Meillä ei ollut televisiota! - Vietimme
miltei kaiken aikamme yhdessä!
- Lukuun ottamatta niitä hänen opintojaan...

- Hänen ongelmansa oli se, että hän olisi halunnut
unelmansa sinne vanhaan elämäänsä. - Mutta ei
uutta ja yhteistä minun kanssani!
- Vaikka olin siinä!
- Ja hän sekosi!

11 Kokelaat?

- Hän olisi halunnut säilyttää sen vapautensa, ja samalla löytää unelmiensa miehen. - Enkä tajunnut, että olin vain "kokelas"? - Olin itse tehnyt tarvittavat muutokset elämässäni, ja valmis muutokseen! - Häneen!
- Mutta hän ikään kuin tuntui päättäneen, halusi, silti vielä valita itse sen ajankohdan milloin SE mies saapuu hänen elämäänsä.
- Tiedän, että hän tiesi tekevänsä väärin minua kohtaan ja rakastikin! Mutta ei osannut valita ja se sekoitti hänen keskittymisensä, ja lopuksi hänen päänsä!
- Sellainen oli prinsessa Nefertite Egyptissä!
- Taas Basill Hallward ja Dorian Gray! - Työkalujen väärinkäyttö...

Herään siihen aamuun uudelleen lammen pinnan alta. - Uudelleen ja uudelleen!
- Ne nuoret sotilaat, jotka lähtivät sotaan soitellen... - Ilman muita varusteita kuin iho...
- Kosketuspinta kipuun, kylmään, lämpimään, säähän!
- No, kuningashan heidät varusti!

12 Tavoitteet saavutettu? - Peili rikki
- Kyyneleet puhdistavat menneestä

- Se peili, toisaalla, siellä asunnossamme. - Rikoin sen...
- Ehkä sen takana ei ollut mitään?
- Edessä oli! En edes siivonnut niitä sirpaleita lattialta kolmeen päivään. - En voinut!
- Se rikkoutui, yksi maailma, sen peilin mukana.
- Minä tein sen! - Hympf...
- Ehkä tein?
- En tiedä?

Nyt olen kulkenut pari viikkoa kuin kyyneleet silmissäni koko ajan! - Itkien hiljaa sisältä kyynelnorojen valuessa poskipäille. Olen kulkenut itkien nykytilaani, elämääni.
- Ei siinä ole mitään itkettävää!
- Vain se, tämän kaiken karvaus!
- Tiedän sen!
- Tai selkäsärkyäni... Osa sitä?
- On puhdistavaa itkeä välillä!
- Sen karvauden alla on makeus, aikanaan, tuhatkertainen! tiedän sen.
- Mutta annan itseni itkeä, tänään, nuo kyyneleet, norot! - Tunnen vain orpoutta!
- Siinä se!
- Hetken!

- Tänään herään kotona! Ja tunnen siellä olevani!
- Ja jaksan taas.
- Olen ollut hetken... - Hukassa... - Ehkä?
- Ehkä!
- En edes ollut? Mutta ajatukseni harhaili hetken!
- Tämän hetken, jonka pituutta en tiedä!
- Ikuisuus se ei ollut!
- Hetki... - Jonkun pituinen!
- Pitempi kuin silmänräpäys?
- Ja näen kaiken nivoutuvan yhteen myös itseni kanssa!
- Se siitä!
- Se ensimmäinen reissu...

- Kävelen taas! - Mutta nyt katuja pitkin... - Kävellä ikuisuus! - Luoda maailma!
- Sille oli aikansa! - Se lukee Genesiksessä.
- En luo maailmaa?
- Kävelemällä?
- Jos olisin kirvesmies ja rakentaisin taloa itselleni, loisin itselleni - tulevalle...
- Kävellessä tapetaan aikaa?
- Elämäntapa sekin!
- Hyhympf...
- Kunhan elän elämääni näin hän tulee luokseni!

13 Tutustuneet

- Minä muistan sen huoneen kun heräsin yksin!
- Olin tietysti alkanut juomaan itsekin! - Ja aamulla yksin huusin sängyssämme: Missä olet? - Selkäpiini aavisti pahaa! - Olet poissa! - Viereltäni...

- Veljeni löysi minut myöhemmin palelemasta marketin edestä. Olin mennyt huonoon kuntoon, ja laihtunut! - Hän oli etsinyt minua!
- Tule, vien sinut saunaan! hän sanoi lempeän isällisesti.
- Kaipaus... - Ei sillä mitään tee! - Ole onnellinen ensin! sanoin tälle tämän pestyä minut! ja nuokkuessani unisena tämän nojatuolissa!
- Sain vahvistavaa ruokaa häneltä...!

- Niin kuin "hän" sanoi: Mistä minä voin tietää mikä olet?
Nyt kuulen huudon: Minä tiedän mitä paha on!
- Lipas huutaa!
- Ihminen, joka tunsi minut! - Luopui uskostaan...? - Hyvyyteen ehkä?
- Ja minä pahuuden ruumiillistuma - siksi sen jälkeen? - Hän ei ottanut selvää! - Vaan uskoi itseensä! - Epäterveesti? - Vaikka... - Itseluottamus on tavallaan, perusteiltaan hyvästä aina!

- Välillä tuntuu etten muista muista millaista elämäni oli... - Mitä se sisälsi?

- En muista sitä!

- Muistan kyllä!

- Mutta ajat muuttuvat kuin sukupolvet...

- Se on elettävä ja nähtävä!

- Se siitä muistamisesta!

- Se aurinko, jota kaipaan! Nuoruudesta... - Jostain menneestä! - On poissa...!

- Ei ole!

- Yritin kyllä aina parhaani!

- Se peili meni rikki...

- Minä muistan kyllä kodin...!

Viime yönä on satanut lunta eilisen keväisen maiseman päälle. Niin kuin se aamu silloin lapsena - seesteinen ja kirkas...! - Se aurinko siellä!

- Mutta eilen löysin sen takaisin!

- Vaikka en hukassa käynytkään!

- Ne tavarani... - Mistä ne tulivat?

- Ja ne edelliset tavarat...

- Tulivat varmaan matkan varrelta, sieltä mihin edelliset jäivät? - Kylmään varastoon...

- En tiedä?

- En varastoi! - Periaatteessa! - Kai?

- Elän "päivittäistaloutta"!

- Se vähentää kulutusta. - Huolta?

- Huolta ei minulla ole!

- Paitsi joskus hiipii pieni aate takaraivoon: Onko minulla tarpeeksi?

- Yritän välttää sen ajatuksen, koska riittävästi
on tarpeeksi!
    - Se siitä käsitteestä!

- Tänään saan ottaa rauhassa!
    - Keittäisin ehkä toisen kupin kahvia?
    - Todellakin se aamu, se päivä lapsuudesta, on
piirtynyt mieleeni kuulaana. - Eikä se ollut päivä
vaan ajanjakso ehkä ennemminkin.
    - Ja se toinen huone... - Jossa nukuin se ikkuna,
se maisema, siellä sees, vaikka oli syksy ja lehde-
tön puu seisoi paikallaan syksyä vasten. Lehtikään
ei heilunut. Tuijottelin sitä kun heräsin. Ja odotin
heräämistäsi. Olin hiljaa, että saisit nukkua.
    - Olit siinä! Hengityksesi tuhina oli tasainen.
    - Muistan kaupungin välillä... - Kävelyn... - Siel-
lä!
    - En enää jaksa kolmea päivää uupumatta.
- Mutta nyt saan levätä. - Minulla on kaikkea, ruo-
kaa, vitamiineja... - Tänään pidän huolta itsestäni!

- Tiedän kyllä mitä haluan elämältä!
    - Ja muistan missä koti on!
    - Ei...
    - Se ensimmäinen... - Sen kätköissä...
    - Se on elämäni! - Ei siellä suon vieressä. - Vaik-
ka onkin!
    - Nefertite käy mielessäni!
    - Elän vain sen...
    - Tiedän mitä siihen kuuluu!

- Nefertite... - Minua askarruttaa...

- Mihin hän kuuluu? - Kuului...?

- Toiseen maailmaan historiassa.

- Silti muistoni on tuore!

- Voiko se...? - Kuka olin silloin teininä?

- Minä muistan sen... - Ero ystävistä! - Se ensim-
mäinen! - Silti he elävät jossain!

- Kuulun sinne!

- Nefertite... - Mihin... Menit? - Historiaan var-
maankin?

- Se peili meni rikki!

- En muista... - Kuin tärkeimmät!

- Ja sen mitä haluan elämältä!

- Se on aina ollut läsnä!

- Vai muisto jo silloin teininä - jonkun toisen
muisto? - Itseni... - Omani...

- Sieltä muualta.

- En ehkä koskaan saa selville!

- Ehkä saan!

- Odotan rannalla. - Tällä kertaa en kuollut!

- Kävelin sinne! - Rannalle...

- Ei, kyllä se muisto on yhteinen!

- Ei muun itseni!

- Olen puhunut siitä veljelleni! - Hän tietää, että
mietin Matteusta ja Nefertiteä!

- Ei muun itseni...!

- Elämäni on sen muiston takana!

- Ja muuta ei tarvitse kuin elää!

- Muistan sen nuoren miehen, itseni, toiveet sil-
loin.

- Ei hän...

- Häntä ei ole enää! - Tai on! - Olen jo vanha! - Ei, keski-ikäinen! - Ei, keski-ikäistymässä...!

- Kyllä se tapahtui minulle! - Se muisto!

- Elin silloin hetken poissa... - Tästä maailmasta... - Siitä todellisuudesta ympärilläni.

- Siksi se tapahtui minulle. - Ei sille nuorelle miehelle!

- Ne kolme urheaa nuorta miestä, jotka lähtivät sotaan...

- Unohdan sen mielestäni!

- Nefertite... - Amfetamiini! - Hänen...

- Siksi tunsin hänet... - Jo kaukaa kun avasin sivun kännykältäni kuin sattumalta sinä keväänä. - Siinä kuvassa oli hän! - Häikäisevän kaunis Nefertite!

- Onko se virheeni... - Olen etsinyt Nefertiteä!

- Ei se voi olla! - Se muisto! - Oli omani!

- Varmasti!

- Join äsken teetä. - Ja nyt tarvitsen tupakkaa!

- Suo...

- Mikä olet?

- Tiedän, aavistan sen...

- Kalusteeni olivat silloin erilaiset! - Koska minulla oli varaa siihen!

- Ei kysymys ole itsestä!

- Kun minulla vieläkin varaa kalusteisiin! - En tarkoita niiden kalusteiden hintaa!

- Vaan puitteita ylipäänsä!

- Tekisin sen uudestaan jos minulla olisi varaa!

- Mutta ei... - Ei vielä!

- Tiedän kyllä elämäni puitteet!

- Askel kerrallaan!

- En mennyt rikki! - Eheydyin!

- Ranta! - Huippujen sijaan...!

- Sen muiston takana on elämä - minulle! - Ei itseni takana!

- Peilin takana ei ole elämää!

- Siellä on teksti! - Itseni kirjoittama!

- Katsotaan nyt!

- Se kattokruunu! - Sen nuoren pojan unelma! - Hän ei saanut sitä! - Muun sai! - Nyt katossani! - Erilaisena! - Se ei ole kattokruunu!

- Se ei koskaan kuulunut minulle se kattokruunu!

- Ja se lasimaalaus, jostain ostettu - pieni, siellä, kun makasin valveilla vieressäsi kuunnellen hengitystäsi.

- Sillä pojalla, minulla, oli samanlainen...

- Hymph, yhtä identtinen kuin muovivalaisin! - Upea kyllä sinänsäkin, kattokruunuunkin verrattuna!

- Mutta sama!

- Se olin minä! - Nyt muistan sen kohdan!

- Se poika... - Luokkatoverini vaihtuivat!

- En kuulunut sinne! - Sairastuin siellä!

- Halusin opiskella eri kieltä! - Ja jouduin vaihtamaan luokkaa, luokkatovereita!

- Se sairaus, astmani myöhemmin, oli poissa vuosikymmenet!

- Muistan kyllä kaiken! - Yritän ainakin.

- Hän kuuluu elämääni se nuori poika - minä!

- Se tuli myöhemmin, rajumpana! Vaikka oli alkanut jo silloin!

- Nefertite! - Täysin identtinen kuva päässäni... - Hänestä silloin!

- Tunsin hänet!

- Veljeni huolehtisi jos tulisi käymään!

- Olen selvin päin!

- Se siitä!

- Ensimmäiset ystävät...

- Suo ja ne ihmiset siellä - Näkymättömät!

- Kuvittelin heidät sinne! - Tieten tahtoen! - Tiesin kuvittelevani!

- Hänen takkinsa jäi sinne sillä toisella kertaa! - Ja kengät! - Takki siihen puunoksaan roikkumaan! - Se hänen suosikkitakkinsa - kallein!

- Se lasimaalaus seurasi minua!

- Tiedän: Kuulumme yhteen!

- Nefertite, sekosit!

- Olen kotona!

- Saan puhelinlaskun maksettua!

- Vai oliko hän, Nefer, pelkoni? En saa selvää ajatusteni vyyhdistä!

- Ei voi olla!

- Tai voi!

- Beatrice... - Hän ei ollut pelkoni! - Hän oli ilmentymä jostain tulevasta.... - Mitä hain!

- Mutta ei... - Se yhteinen muisto! - Se ei voi olla erottava tekijä!

- Beatrice... - Ei muistoa! - Vain nykäys niskassa kun näin hänet!

- En tiedä!

- Oikeat ihmiset tulevat vastaan!

- Se lasimaalaus!

- Miksi se oli hänellä?

- En jaksa miettiä nyt!

- Ihminen voi rakastaa - mielestään! - Jäädä siihen riippuvaiseksi... - Kuin se elattaisi hänet, pitäisi hengissä!

- Ei! - Hän, Nefer, ei ollut pelkoni!

- Hänen menettämisensä oli!

- Ei hän!

- Hymhpf!

- Ehkä hänen elämäntapansa...?

- Se siitä! - Siinä se oli!

- Viimeinen pelon ripe - ehkä?

- Koko maailmassa - minulle?

- Pelkäsikö hän jotain?

- Menettämistä... - Hänen löytämistään - itsensä ja menettämistäni!

- Viimeinen pelon ripe...? - En pitänyt hullun epikriisistä.

- En menettänyt mitään!

- Tämä kaksijakoisuuteni seuraa minua kaikkialle! Se muodostuu ympärilleni kuin heijastuksena minusta itsestäni!

- Dante... - Ei... - Hullu!

- Se oli hetken poissa...

- Tai sen muoto oli eri!

- Nyt tiedän mihin ei pidä kajota... - Kirkkaat viinat, tällä ikää! - Pää ei kestä niitä enää!

- Eikä sillä ole väliä millä menen kotiin tänään.

- Pääsen kyllä! - Kunhan menen!

- Olen siellä toisessa paikassa - persoonani muovaama!

- Heh!

- Siksi minulla oli kaksi huonetta teininä!

- Se elattaa minua nykyisin!

- Vaikea selittää! - Kuin isäni inkarnaatio. - Ei se... - Isäni oli eri!

- Aikuinen minäni. - Se hulttiopuoli juo. - Se toinen elää!

- Molemmat elävät?

- Heh!

- Kuoliko Nefertite sen nuoren miehen minäni

ilmentymän... - Samalla sen...
- Kanssa?
- Ei!
- Se muisto on liian todellinen!
- Hänen...
- Beatrice ei ollut muisto!
- Olen oppinut jo käyttämään käsineitä jos on kylmä!
- Heh! - Olen oppinut jotain elämästä! - Äiti...

- Kunpa pääsisin tästä miettimisestä!
- Tehdä omia valintoja... - Sorrun siihen joskus!
- Valintoja! Joita ei tarvitse! - Omia!
- Talous... - Pyörii muutenkin kuin ajattelemalla sitä!
- Valinta. - Mihin laittaa rahat?
- On valintoja, joita ei tarvitse! Istun marketin sisällä penkillä. - Ei minun tarvitse kuin olla ajoissa paikalla joka paikassa.
- Valinta sekin!
- Luotan siihen.
- Myöhästyä ei saa!
- Olisi epäkohteliasta laittaa toiset odottamaan!

- Veljeni osti minulle tänään valkoviiniä!
- Tarvitsin sen!
- Sorrun aina punaiseen!

15 Katkera totuus

- Ei ole Nefertiteä...?
    - Puolikkaani!
    - Miksi teit sen? - Olet nainen. - Olit kertonut
lapsuudestasi!
    - Hän ei ole läsnä!

- Olen pitänyt lähinnä hauskaa elämässäni. Juonut
murheet ja hyvät päivät unholaan!
    - Yli kolmekymmentä vuotta...
    - Jostain syystä nuoruus palaa mieleen. - Ei kai-
puuna! - Vaan noina vuosikymmeninä, joina me-
nin vain eteen päin... Mitään muuta ajattelematta
- kai?
    - Kahden kymmenen vuoden päästä olen itse
seitsemän kymmentä!
    - Ensimmäinen ikäkriisini päällä todellakin?
- Heh!
    - Jotain haluaisin vielä saada aikaan! - Muuta-
kin kuin tuhlattuja vuosia!
    - Ei... - Ei se ollut pakenemista!
    - Selviämistä!
    - Hiusteni väri tummuu!
    - Saada aikaan...
    - Löytää hänet! - Rakastaa! - Puolikkaani!
    - Noin ihmisenä ajatellen!

- Pesula! - Vietinkö yön siellä?

- Näen näkyjä...

- Minulle ominaista. - Matteuksen kanssa.

- Hän ei ole ihme. - Ei elävä!

- Olen selvä.

- Kestä vielä vähän - elämäni sävel!

- Eilen... - Hyvä kun jaksoin seistä! - Vielä selvin päin!

- Tänään bussipysäkillä olin nukahtaa seisaalleni. Olin tulossa sieltä sen toisen pimeämmän puoleni kulmilta kotiin päin!

- Kirke ja siat!

- Tuttua elämässäni! - Viivyin vuoden!

- Kolme kertaa burn out viime vuonna!

- Olosuhteilla oli osuutensa!

- Pitää jaksaa syödä vielä!

- Syön jotain vahvistavaa! - Hunajaa... - Aterian jälkeen tietysti!

Muistiini kaivautuu häivähdys sieltä lenkkipolulta.

- Nefertite oli siellä kanssani!

- Nyt sekoitan!

- En! - Sekoita!

- Tehtäväni on, olen päättänyt...! - Hankin kaikki tavarani takaisin!

- Tarpeellisin minulla on jo!

- Niin että se menee oikein!

- Meni se viimeksikin!

- Olen innoissani tästä... - Löysin sen! - Äh, tekemistä kai? - Täytettä päivääni oltuani hetken hukassa!

- Tiedän työn määrän!

- Kirke ja siat...

- Olen itsekin! - Sietämätön varmaan...?

- Jäin aikanaan, nuorena, henkiin sen takia, että halusin tietää miksi minulle tapahtui niin kuin tapahtui? - Miksi alkoholisoiduin?

- Pitkä tarina!

- Mutta vain sen tähden... - Henkiin!

- Muistan kun teininä makasin lokoisasti sängyllä iltapäivällä, ja katosta roikkuivat itse kootut lentokoneiden pienoismallit - Mietin jo silloin: Miksi näin sinut Nefertite?

- En ole koskaan "ollut" naisen kanssa!

- Vieras alue!

- Tai tietysti olen, rakastellut...

- Olen ollut naimisissakin, pitkään.

- En silti ole "ollut"...

- Noh, tiedän syyn! - Status söi meidät molemmat!

- Mutta olin paikalla aina kun tarvitsi!

- Niin hänkin, kai, ensimmäinen vaimoni...

- Hänen kanssaan "olin"... Ja siellä lenkkipolulla myös, toinen kihlattuni...

- Olimme siellä!

- Se peili meni rikki! - Rikoin sen!

- Seitsemän vuoden epäonni? - Minulle! - Taas numero seitsemän!

- En ole taikauskoinen - realisti ennemminkin!

- Pitää ostaa kauramuroja!

- En ole koskaan ollut naisen kanssa, joka on minun kanssani... - Muutakin kuin muodon ja turvallisuuden vuoksi. - On oikeammin ilmaistu siihen mitä mietin!

- Olen, kuljen, sivussa, ulkopuolella! - Aina... - Tapahtumien vierestä seuraaja. - Ei tapahtumien ytimessä!

- Kaikki varmaan tuntevat samoin?

- Olen ujo!

- Ei... - Veljeni ei tunne niin! - Hän on erilainen kuin minä... - Vetäytyvä, ujo extrovertti - minä, "joka ei ole läsnä"?!

- Eheydyin... Tajuan tänään. - Se meni rikki, elämäni meni... Silloin! - Taipumusta siihen on!

- Mutta eheydyin...

- Siksi ne tavarat... - Oikeat tähän kohtaan!

- Rikkouduin kihlattuni kanssa! - Rikoin peilin...

- Ajatus kännistä etoo! - Vaikka mieli tekee juoda!

- Joisin... - Jos olisin ostanut!

- Ehkä jäin sinne suolle?

- Illaksi pari olutta!

16 Lajittelu - Kunnollinen

- Teen koko ajan työtä!
	- Lapseni toivon, että voit hyvin!
	- Käytin aikaani väärin! - Kaikki työntekoon!
	- Välillä pitää aloittaa alusta!
	- Siksi tasapaino!

- Nefer, sinulla oli se leijona lemmikkinä.
	- Jäniksiä... - Joka puolella!
	- Veljeni piirsi kerran piirroksen, missä leijona suojeli jänistä!
	- Se olen minä?
	- Olin nähnyt sen aiemmin "hänen" kanssaan!
	- Se siitä!
	- Lasimaalaukset ovat kauniita!
	- Johan Huizinga romutti aatteen, myytin, keskiajan upeudesta teoksessaan: Keskiajan syksy!
	- Ehkä itsensäkin?
	- Tyhmyyden ylistys, Erasmus Rotterdamilainen.
	- Apuleius, Kultainen aasi!
	- En vielä pääse Schopenhaueriin!
	- Veljeni ymmärtää?
	- Ihmisten pitäisi käyttää aikaa tekemiseen ei sen miettimiseen, mikä on oikein! - Moraalin olemus on keksitty ennen tätä aikaa!
	- Se valinnoista!

- Minulla on tuoreita yrttejä ja ruokaa jääkaapissa kun olen lopettanut juomisen!
- Kaapit alkavat täyttyä..
- Isä...

- Lumi on valkeaa vielä NIIN KUIN lapsena. - Ilman näitä tapojani... - Aikuisen minäni tapoja!
- Näetkö eron?
- Muistan kuinka olin kanssasi syömässä - kihlattuni! - Se ruoka oli hyvää!
- Oliko sinulla korkeampi lupaus takana, jättää minut? - Nefer...
- Ei!

- Kipu... Minä muistan sen vankityrmän! - Aina sama! - Raajat kahlittu tiettyyn asentoon! - Sattuu!
- Kivulla ei ole merkitystä!
- En valinnut sitä silloin!
- Nyt valitsin!
- Silloinkin!
- En jaksa muistaa!
- Huoh!

Tapettuani sen miehen join kievarissa niin kuin mitään ei olisi tapahtunut! Istuin YKSIN ja muistelin elämäni hyviä vuosia. - Niin kuin se nuorimies, minä, silloin aikanaan baarissa!
- Niin kuin aina!
- Mitä etsin?
- Kerroin jo!

- Sillä kohtaa!

- Haluan ottaa sen vastaan! Mutta se näyttää niin erilaiselta! - Siitä karvaus... Ja se vain käy, viivähtää hetken! - Sitten asetun!

- Olen sinut sen kanssa!

- Odotin sinua niin! - Nefer...

Istuimme veljeni kanssa lattialla pelaamassa... Niin kuin "hänen" kanssaan!

- No, jotain on tasapainossa! Suoleni herättää minut tarpeilleni aamuisin samaan kellonlyömään!

- Ei se ole aamu tai edes aamupäivä. - Olin kännissä tai selvin päin!

- Tunnen elämävoiman: Qi, ehtyvän!

- Tein aamupäivän ja alkuiltapäivän mittaan vain välttämättömimmän! Ja juuri ja juuri hereillä kahdentoista tunnin yöunien jälkeen!

- Tunsin hetken kuolemanpelkoa... Se liittyy persoonaan! - Liian pitkä juttu!

- En jaksa selittää!

- Sekin tulee ja menee! Niitä on ollut aiemminkin!

- "Henkinen kasvu" on parempi sana kuin persoona siihen liittyen!

- Tällä kertaa se olit sinä Nefer...

- Vaalin niin muistoasi.... Olin vaalinut!

- Kun isäni täytti seitsemänkymmentä hän piti vain koruttoman pöytäpuheen, muistan. - Kun tulette näin vanhaksi tiedätte mitä teistä tulee! hän sanoi.

- En tiedä haluanko nähdä sitä jos miltei viisi-
kymppisenä jo tuntuu tältä!
   - Ikään kuin olisin elänyt kaksi elämää!
   - Kahden ihmisen elämän...
   - Se kaksitahoisuuteni! - Heh!
   - Tai seitsemän elämää? - Hah!
   - Taas seitsemän!
   - Huoh!
   - Haluan! Nähdä mitä isä tarkoitti - kyllä!

- Tiedän kuka olen!
   - Saan olla kotona!
   - Siellä on lämmin!
   - Kymmenen vuotta sitten pelkäsin kuolemaa
siellä suolla, kuollakseni pelkäsin! Vedoten itselleni
siihen, että ei terve mies mihinkään kuole!
   - Nyt en tiedä! En tiedä!
   - Kuolin ehkä myöhemmin siitä?

- En häpeä...! - Päätin! - Sitä mitä olen ex-vaimoni
silmissä, lapseni äidin. - Sekopää! hän luokittelee.
   - Dali... Hullu! - Ei, en ole hullu! - Olen Ville...
   - En ole hullu... - Enkä tullut, tai tulossa!
   - Se on varma!

Lepään hieman syötyäni. - Sitten jaksan taas!
   - Sitten lähden kävelemään! Hoitamaan ra-
ha-asioitani!
   - Saan tehdä mitä haluan!
   - Tiedän mistä pitää kiinni!

- Nefer... - Nyt päästän sinusta irti!

- Olit ihana!

- Tiesin sen kyllä kalloni syövereissä jo aiemmin...

- Ja sen kuka veljeni on!

- Rikhard!

- Sinussa on kaikki mikä Nefertitessä!

- Paitsi, että olet mies! - Ja veljeni!

- En voi mennä naimisiin kanssasi!

Olen ollut alkoholisti kuusitoista-vuotiaasta asti!

- Toki sitä aiemminkin, mutta aloin ottaa silloin!

- Kaikki meni pieleen ensimmäisen vaimoni kanssa!

- Muutenhan hän ei olisi ensimmäinen! Vaan nykyinen!

- Halusin perheen ja lapsia...!

- Olla kunnollinen...

- Olla kunnollinen!

- Heh!

- Siinä se!

- Olen kunnollinen alkoholistina!

- Erotun joukosta! - Olen siisti!

- Ja hoidan itseäni!

- Se kunnollisuudesta! - Kunnollisuudestani...

- Äiti, et muista mitään!

- Minä muistan... Isäsi ja veljesi kuolivat minua nuorempana sydänkohtaukseen!

- Hemoglobiinini on ollut lapsesta pitäen: 188.

- Paksu veri...
- Noh, en osaa pelätä vieläkään!

- Nefer.. olen miettinyt! Päätin eilen päästää irti ja lakata miettimästä, vaalimasta sinua mielessäni.
- Olitko ihana?
- Mitä oikeasti tapahtui välillämme?
- Kieltäydyit...!
- Mitä etsit?
- Minua! - Löysit!
- Ja heitit roskiin!
- En ehkä koskaan saa tietää! - Pohtimalla!
- Enkä tiedä tarvitsenko sitä tietoa edes?
- Päässäni pyörii se mitä tapahtui?
- Luulit löytäneeni hyvää! Löysit!
- Ja muutit sen pahaksi?
- Se karvaus!
- Siinä ehkä vastaus?
- Kaipaan baariin!
- Se tie vie tuhoon? - Ehkä?
- Tuoreen työn käsite voi ehkäistä sen!
- Baarissa ei voi istua varastoon!

- Seisomme veljeni kanssa ruokajonossa. - Yritän vähentää käyntiä niissä nykyään! - Syistäni!
- Niin kuin "hän"! Hän sanoi, ettei jaksa seistä kanssani siellä.
- Ymmärrän häntä!
- Elämä on helpompaa ilman sitä!
- Tänään ymmärrän kaiken!

- Missä lapseni on?

- En edes tiedä, mitä sanoisin hänelle jos hän tulisi kadulla vastaan!

- Suo...

- En ole tänään niin väsynyt! Olin veljelläni yötä!

- Ryypiskelimme! Kohtuudella!

- Olinko minä "hänen" pelkonsa?

- Minun on pakko pyörittää ajatusta!

- Ei, en ollut! - Hän käänsi minut siksi!

- Joskus mietin: Minä tänään. - Se toinen puoleni ikään kuin pitää minusta kiinni! - Ei päästä kotiin!

- Vaan olen siellä toisessa paikassa! - Tupakan takia?

- Tervettä toisaalta!

- Minut hyväksytään siellä!

- Olen nuoresta asti tajunnut, että kuulun baariin.

- Se toinen paikkani nykyään ei ole baari...

- Jotain muuta! - Ei sillä ole väliä!

- Mutta nyt minut hyväksytään, ja itsekin hyväksyn, hammasta purren välillä!

- "Sellainen" minusta piti tulla!

- Ei, olin tällainen... - Jo valmiiksi! - Ja aina!

- Ja joskus mietin tunnenko enää kylmää, kipua...? - Kun käyn kuljen siellä "pimeämmän minäni" paikoissa, ja ulkosalla siellä.

- Hympf! - Tunnen molempia koko ajan!

- Viime vuosi oli vaikea!

- Kaipaan seksiä!
- En tiedä kaipaanko?
- En ainakaan kenen kanssa vaan!
- Elämäntapani vaatii kärsivällisyyttä!
- Tänään menisi myöhään!
- Ei se haittaa!
- En ole kännissä! Pari olutta!
- En ole huolissani mistään! Näen sen kuinka kaikki tapahtuu!
- Alan tottua tähän uuteen elämäntyyliin!
- Alan pian laittaa päivällistä.
- Tänään se venyi.... Iltayhteentoista!
- Kokkaan pyyhe päällä!
- Olen tänään virkeämpi kuin aikoihin!
- Pelkään hieman yöuneni puolesta!
- Olla poissa yhteiskunnasta niin hyvin kuin voi...
- Elämäni näyttää jäävän kadulle - Puoliksi...
- Tiedän miksi!
- Tuo toinen paikka ikään kuin "jakaa" minut. En osaa selittää ajatustani tarkemmin!
- Mutta pääsen kotiin nukkumaan aina!
- Enkä ole oikeasti huolissani mistään. - Paitsi yöunesta... - Jos se menisi pieleen ja valvoisin, piehtaroisin sängyssäni tunteja puoliunessa saamatta unta. - Se kostautuisi seuraavana päivänä väsymyksenä - Ei sitäkään... - Pidä pelätä, varsinaisesti. - Mutta seikka loisi epämukavan tunteen, heikkouden, ja haukkaisi palan jaksamisestani siten huomenna!

- Sen alkuperäisen takana on tulevaisuus!

- Annan sen toteutua! - Tulla...

- Joskus kaipaan, mietin, "häntä" tutuissa maisemissa - näissä täällä.

- Osittain alan unohtaa!

- Osittain en... - Halua!

- Minun pitäisi... - Niin kuin Beatricen unohdin... - Minun pitäisi vain unohtaa!

- Mutta sisälläni kalvaa epävarmuus asiasta.

- En pääse eteen päin, tuntuu... - Jos en unohda!

- Vain unohda...

- Silti...

- Se on tärkeää!

- Hän lupasi, ettei koskaan jätä minua!

- Jätti kumminkin!

17 Maksava mies – Sokeus?

- Beatrice oli loppujen lopuksi huora... - Näennäisestä kiltteydestään ja muusta huolimatta!

- Näin hänet kuusikymmentä kertaa...

- Ei, kuudessakymmenessä eri hahmossa! - Kertoja oli kolme kertaa enemmän! - Se jatkui viisi vuotta! - Ei kuusikymmentäyksi hahmoa...

- Ihastuin häneen sydänjuuriani myöden kun hän tuli eteeni ensimmäisen kerran! - Ne hänen silmänsä näyttivät puhtailta!

- En tiedä?

- Tai tiedän... - Siitä kaiken! - Tristan ja Isolde, Eros ja Psykhe!

- Hän oli tehnyt itsestään hemaisevan! - Sisimpänsä tarkoituksena!

- Ja hän kiitti minua aina kun lähdin! - Kiitos olit huomaavainen... - Mies!

- Nainen Eeva!

- Beatrice oli löytänyt itselleen jonkun, josta pitää kiinni! Eikä tämä toinen tiennyt sitä. Suloisuudellaan hän piti siitä jostakusta, jonka oli valinnut! - Piti kiinni! - Sillä... Vaikka ei näennäisen mustasukkainekaan ollut! Mutta piti kiinni itselleen!

- Nyt kolmisen kymmenen vuoden jälkeen olen kotona!

- Vedän henkeä, ja juon aamukahvia rauhassa!
- Tiesin aina, että jotain on vikana!
- En parjaa nuoruutta tai siellä tehtyjä virheitä!
- Ei... - Se oli väistämätöntä!
- Ja kävelin kotiin! Toisesta kaupungista asti.
- Sieltä minne se oli vienyt minut - ne virheet?
- Ei... - Se mene niin?
- Koti.... - Toinen puoleni.

18 Kipu - Tapahtumat ratkaisevat

- Tiedän kuulumme yhteen!
    - Hän tietää, tiesi myös! tiedän.
    - Hän muisti sen!
    - Ei... - Häivähdys alkuperäisestä - neljän vanha poika?
    - Vai kuollut?
    - Alkuperäisellä oli eri ystävät!
    - He ovat vieläkin?
    - Välivaihe...?
    - Sillä... - Alkuperäisen seuraajalla olivat omansa! - Se lapsuuden ystäväni, joka törmäsi kännissä liikennemerkkiin. - Ollen itsensä, silti eri...

Löysin tänään vanhan kolikon maasta, sellaisen, joita oli kun olin lapsi... - Olen aina pitänyt rahoista, numismatiikasta, numismatiikan kannalta rahoista siis! - Mietin olisiko se, kyseinen kolikko voinut olla kädessäni silloin... - Joskus!

- Suo, se paikka sai näkemään näkyjä heti! Siksi pelkäsin sitä ensimmäisellä kertaa!
    - Suo, Beatrice, Nefertite...
    - Kaikki syvenee, mielessäni ainakin!

Herään sängyltäni... Nousen istuma-asentoon teini sisälläni. - Eri näköisenä... - Eri näköisenä! - Eri nä-

köisenä! kaikuu tajunnassa, sumentaen silmät!
- Siinä vasta ongelma!
- Minun ongelmani!
- Olen kotona!
- Isä ja äiti, ette ole siinä!
- Muutin omilleni!
- Pitää käydä kaupassa vielä tänään!
- Hakemassa olut!
- Kaikkea riittää!
- Nefer... - Mihin kuulut?
- Beatrice kuka olet?
- En tuntenut sinua Beatrice!
- Pelon takia, tunne kulkee lävitseni päästä varpaisiin!
- En tunne pelkoa! - En ole tuntenut kymmeneen vuoteen!
- Onko aikani?
- Seota...
- Juuri ennen kuin saan palapelin kasaan!
- Kuolenko taas juuri ennen rantaa?
- Tällä kertaa oikeasti!
- Tarvitsen olutta!
- Ei... - Sitäkö pelkään, että saan palapelin kasaan? - Haluan!
- Mutta jos hän ei kuulu palapeliin sen kuvaan...
- Sekoan...
- Ei, olen liian kiinni hänessä!
- Siksi kuoleman tunne - pelko!
- Ei muuta! päätän.
- Pelkään niin paljon ettei hän tule takaisin!

- Ei, hän tulee!

- Karvaus ja sen jälkeen makeus!

- Kasaan palapeli! - En kuole! päätän... - Senkin!

- Pelkäänkö niin paljon... - Että kuolen jos en saa
häntä takaisin! Kun tajuan sen!

- Se ei ole mahdollista!

- En ole kunnossa!

- Veli sekosinko?

- Veli on kaukana! Ei kuule!

- Kauppa on lähempänä!

- Pitää syödä ensin! - Että jaksan!

- Outo tunne... - Kuin sieluni hylkisi ruumistani!

- Tunnen ne kalmoiset kädet taas ympärilläni
niin kuin... - Silloin... - Kirjoitin niistä päiväkirjas-
sani! - Ensimmäinen reissu! Sen aikana!

- Muistan sen nuoren miehen ja sen yön, yöt!
- Se ei liity samaan!

- Tai sitten päivä on sama kuin kymmenen vuot-
ta sitten?

- Kuolinko silloin? - Alkuperäinen kuoli...

- Ei kuollut!

- Ei, en tahdo ajatella sitä...! - Kymmenen vuotta
sitten en kuollut! - Elin! - En ajattele sitä!

- En tahdo! - Olen seitsemän persoonaa... - Seit-
semän toimintaa!

- Kymmenen vuotta on 3672 päivää, noin Juliaa-
nisesti ja äkkiä laskettuna, tai 3673!

- En... - Olinko kuollut tässä välissä?

- Ei!

- No, olen päätökseni tehnyt! Jo vuosia sitten!

- Vai oliko se selkäkipua se tunne siitä äskeisestä sielun ja ruumiin epädynamiikasta?

- Ei! - Se oli eri tunne kuin kuolemanpelko! - Persoonan?

- Elänkö peilin takana?

- Seitsemän... - Seitsemän... - Seitsemän!

- En tiedä mitä alkuperäisen takana on? - Mitä se pitää sisällään?

- Ei lapsi tiedä, mikä hän on! - Lapsi, pieni ihminen? - Ei muuta!

- Ei sen täytyi olla selkäkipua!

- Äkillinen tunne!

- En ehkä sekoakaan?

- Mutta hetken kaikki oli poissa saavuttamattomissa!

- Kaikki poissa!

- Nyt tunne on vaihtunut seesteiseksi!

- Outo juttu!

- Kaikki ei ole poissa!

- Se on minusta kiinni!

- Täytän pian viisikymmentä!

- Yksi Beatricen hahmo käy mielessäni!

- Ei se voi olla kuvajaista?

- Olin siellä!

- Aivan varmasti!

- Ja olin minä!

- Hieman nuorempi.... - Vajaan kymmenen vuotta!

- Ei hän voi... - Kukaan kunnon multipersoona!
- En tuntenut alkuperäistä Beatricea sisältä! - Sitä mitä hän ajatteli muuta kuin pinnallisesti! - Ja sen minkä hän antoi ulkopuolelleen näkyä?
- Siinä se multipersoona?
- Minun sisälläni!
- Maailman?
- Sama se!

- "Hän", tuntui kun olisin hengittänyt häntä, hänen läsnäoloaan.
- Ei olla rakastunut!
- Olla yhdessä yhtä, kuulua siihen!

- Ne kaikki yöttömät yöt, yölliset yöt, aamuyöt kun olen hoippunut, eri ikäisenä, kotiin kännissä. - Kadut ovat hiljaisia mutta niissä on oma vaaransa. - Oma hiljainen sävelensä! - Se kiehtoo minua!
- On aina kiehtonut! - Se ei ole arkea! - Se on jotain muuta!
- Mikä minä olen?
- Tiedän kyllä sen!
- Väsynyt... - Tällä hetkellä!

- Olla ihminen! - Yrittää parhaansa!
- Olla ihminen!
- Se siitä filosofiasta taas!
- Olen täynnä filosofiaa, siteerausta.
- Niin täynnä, että unohdan itseni välillä!
- No, en unohda!

- Sekin on tervettä - molemmat!
- Matteus... - Katsohan etten unohda ruokiani pahenemaan kaappiini! - Matteus muistuta minua jos sorrun ryyppäämään!

19 Lopputulos?

- No, elin miten elin!

    - Muistan, olin niin yksin ja epätoivoinen... - Et tullut takaisin! Hain alushoususi laatikosta ja runkkasin niihin sängyssämme! - Kaipasin! - Olin sekaisin! - Kaipasin sinua! - Läheisyyttäsi!

    - Ne alushoususi olivat pehmeät! Pukeuduit laadukkaasti niin kuin prinsessan tuleekin!

    - Laukesin niihin ja nukahdin lopulta!

    - Minulla on niin ikävä tytärtäni...

    - Olin eilen katsomassa äitiäni... - Hän ei muista! - Mutta tyttäreni oli neulonut hänelle villasukkia! - Upeita! - Hän on kehittynyt ompeluharrastuksessaan! - En ole nähnyt häntä kohta kahteen vuoteen! - Hän elää, hengittää jossain! - On kehittynyt! - Ihmisenä...?

    - On hän!

    - Kaikki on hyvin!

    - Kaipaan sinuakin Nefer...! - Vierelleni, minussa on tyhjä kohta!

- Mikä seesteisyys! - Saan olla kotona pari päivää!

    - Kaikki on hoidettu! - Heräsin kuudelta aamulla! Kuukausien nukkumisen jälkeen!

    - Jaksan taas!

    - Haluaisin nukkua lisää! - Latasin kahvinkeittimen "aamuksi", ja korkkasin oluen...

- Oluet!

- Ihan sama mihin aikaan juon!

- Olisin kuvitellut juovani aamukahvia selvin päin... Ruokaa, aamupalaa!

- No, seesteisyys muuttuu... Tylsäksi, ja hoipertelevaksi, jotenkin ylimielisesti, känniksi neljän oluen jälkeen viimeistään! - Lähden silloin hakemaan viiniä... Matteuksen kanssa! Hän sanoo: Ole rohkea elä täysillä! Hengenvedot - muista!

- Koko ruumistani kolottaa!

- Taisin tehdä sen jo?

- Vielä vaaditaan!

- EI, SE OLEN MINÄ! - JOKA VAATII! - Minun elämäni! Minun kehoni! - MINÄ PÄÄTÄN! EHDOTTOMASTI!

- Toivon, että saan unta vielä aamupäivällä!

- Muuten teen työtä tauotta! - Uuvun! - Kävelen... - Ihan mitä vaan!

- Olen loppu jo nyt!

- Ei minulla on paljon tehtävää tälle päivää! - En saa juoda koko ajan... - Nyt!

- Pitäisi aktivoitua naissaralla... - Myös! - Odysseijat eivät riitä!

- Veljeni on minusta huolissaan! Ainakin eilisiltaisen viestin perusteella!

- Hänen täyttyy saada nukkua!

- Veljeni... Tietää, että Nefer oli - totta!

- Tiesikö Nefer sitä - itse?

Jätin tyhjän olutölkin pöydälle! - Kello on 7.23.

- Ei saa jättää! tiedän! - Nefer minulla on hänen tapansa!

- Vien tölkin pois!

- Et siedä oluttölkkejä pöydillä... - Pitkin!

- Kolmas olut...!

- Veljeni soittaa tänään, tiedän sen!

- Olisinko kunnossa silloin?

- Puolitin itseni- näin!

- Tylsä juoppo!

- En muutakaan löytänyt maailmasta!

- No, kunnossa missä kunnossa...! - Olen oma itseni!

- Ei ole toista mahdollisuutta! veljeni jaksaa muistuttaa, tietäen minut ja itsensä!

- Hänkin juo joskus! - Omansa! - Heh!

- Mutta meidän ei tarvitse puhua kaikkea! - Sitä on ymmärtää toista! Viitsiä tutustua, ja kerrasta!

- Heti toimeksi! - Tutustumisen suhteen on A ja O ihmissuhteissa!

- Veljeni huolehtii, omista ongelmistaan, kivuista, kovasta elämästään huolimatta!

- Niin minäkin - tavallani! - Olen jaloillani!

- Olla mies!

- Öinen erektio!

- Eeva!

- Ei Nefer, lupasin sinulle myös jotain... - Että valvoisin että kaikki menee hyvin!

- Et ole siinä!

- Vaan minä nyt pahuuden ilmentymä?

- Sinun pahuutesi?
- Vai omani?
- Veljeni tietää etten ole paha!

20 Öinen malja

- Yö saapuu. - On pimeä!
- Mietin tätä päivää, ystävä... - Äiti soitti... Olin kai sekoilut? Olisin kai halunnut nähdä tytärtäni?
- Kai nyt isä saa nähdä, vaikka olisi kuinka juoppo?
- Pistävät muistisairaan äitini soittamaan onko minulla kaikki hyvin!
- Ei ole!
- Matteus onko kaikki hyvin minulla?
- On! Matteus kuittaa lempeästi! - Hän ei pysty muuhun! - Olen ainoa, joka häntä kuuntelee!
- Mutta hän on tyttäreni luona myös, tiedän sen!
- Nefer... - Olit aikuinen!

- Katson punaviinitahroja keittiöni lattialla...
- Onneksi tänään on siivouspäivä!
- Veljeni saattaa olla huolissaan minusta!
- Tietää... - Että olen ryypännyt! - Ja murheeni!
- Yritän hillitä juomistani! - Koska hän välittää siitä! - Tuskastanikin...

21 Maljan jälkeen

- En ollut hyvä isä! - Olin kännissä... - Usein!

- Tein työni...

- Olin läsnä kun olin selvin päin! - Ja aina kuitenkin!

- Vein treeneihin!

- Olen istunut kellarin rappusilla ladattu haulikko leuan alla - varmistamaton! - Synkin salaisuuteni! - Olin loppu... - Maailmaan, valheeseen! - Sormeni oli liipasimella, mutta aivot sanoivat: Ei! tyttäresi, kolmen vanha, ei halua muistoa kannettavaksi! - Heräät sisällä korvia huumaavaan pamaukseen, kiljuntaan omaasikin ja isän aivot ovat pitkin alakerran rappukäytävän kattoa!

- Ehkä kuolin silloinkin?

- Kuinka pahaa ihminen voi tehdä toiselle?

- Ajattelematta - edes!

- Ei kukaan halua tällaista miestä! - Se juo! - Miettii kauramuroja välillä!

- Veljeni halusi juuri tällaisen veljen! - Toivon, että hänen naisasiansa menee hyvin!

- Puhuvat ainakin toiselleen!

- Nefer... - Tiedän! - Että tulet takaisin! - Siksi elän!

Poltin äsken sikarin. - Se oli hyvä! - Elämän maku!

- Hymph?
- Kelpaan kyllä itselleni!
- Veljeni tietää, minkä kanssa taistelen!
- Ymmärrän pelkästään! - Onko se niin vaikeaa?
- Saavuttaa maailmassa?
- Saavuttaa?
- Se mitä halusin!

- Olenko todella tällainen? - Se tuntuu oikeastaan vähän tylsältä jos joudun, tai saan elää elämäni tällaisena loppuun asti! - Minulla on kaikkea, mitä tarvitsen! - Oikeat asiat! - Mutta joskus kaipaan muuta, vaikka huvipuistoon menoa!

- Kaipaan menneeseen! - Sitä sen täytyy olla!

- Näytän huonolta tänään! - Olen ryypännyt ja valvonut!

- Hiukseni ovat tummuneet parissa viikossa kullan keltaista tummiksi!

- Ei harmaantua, tummua... - En tiedä, mistä se tulee?

- Tällä hetkellä tuntuu etten saa mitään aikaiseksi! - Olen hukannut omaisuuden!

- Juonut... - Kehoni muistuttaa! - Mieleni on nuori, mutta keho jo yli keski-ikäinen!
- Kolottaa, sattuu, joka paikkaan! - Kaikki tuntuu turhalta!

- Mutta ei se ole! - Pakko uskoa! tiedän sen!

- En saanut muuta aikaan... - Menetin yhteyden lapsiini.... - Neferin! - Perintöni... - Jätin se mökin rap-

peutumaan!
- Äiti... - On ainoa, mitä jäi!
- Äiti et halua tietää, mikä olen!
- No, tulen kyllä katsomaan selvin päin!

- Menetin kaiken... - Requiem!
- Omani! - Mozart oli hullu!
- Kaiken...! - Maailmani pysyy silti kasassa! - Sen jälkeenkin!
- Olla oma itsensä... - Minä! - Mikä olet?
- No, saan tehdä mitä haluan! Harjoittaa ammattiani!
- Peili... - Rikoin sekin!
- Pysyä kasassa....

- Mutta ei, muistan Sodoman ja Gomorran!
- Ne nuoret miehet, he lähtivät sotaan!
- Kaikki on hyvin!
- Paitsi juoksuhautojen kuraisilla pohjilla!
- Mitä minulle tapahtui?
- Elin... - Ei kai sen kummempaa?

22 Pelon kimppuun

- Olen kyllästynyt pelkäämiseen ja pelkäämättömyyden tunteeseen!
- Mitä on pelkääminen?
- Näen pelkäämisen ympärilläni!

- Oscar Wilde tunsi itsekkyyden - sen määritelmän, ja sen terveen vastapainoksi!
- Mitä minulle tapahtui?
- Olin kiltti ihminen! - Olen vieläkin! sanovat.
- Olen kirjoittanut viisitoista vuotta lukuun ottamatta viime vuotta. - Oli muuta!
- Näyttää siltä, että uusi elämäni muodostuu sellaiseksi, että juuri kun saan hetken levättyä itseni kuntoon rikon itseni uudelleen! Sen puoleni, joka haluaa elää tavallista elämää.

- Yö oli hirveä! Koetin nukkua, pysytellä paikoillaan liikahtamatta maaten myttynä peiton alla. Pienikin liikahdus, valveunen, jonkinlaisen tilan keskellä, ja päätäni alkoi särkeä, oikealta puolen ylhäältä akupisteestä. - Selkäperäistä... - Kipua!
- Näin kaiken... - Lapseni kävivät unessa! Levottomat jalkani nytkyivät välillä hervottomasti unen aikana demonin huutaessa samalla pääni sisällä!

- Nyt on tapahtunut jotain pysyvää, peruuttamatonta! - Olen astunut jonkin rajan yli!

- Sinne, missä ei ole hauskaa enää! - Jotain ei palaa! - On jotain mitä ei saa takaisin! - Olen vanhentunut ruumiltani!

- Nyt olen saanut tarpeeksi minua - sitä puolta mitä muut eivät siedä minussa!

- No, tiedän syyn! - Ei se mitään!

- Muistan sen yön nuoruudesta!

- Noh, ehkä sen vastapainoksi ottaa kiltisti Cherryä vanhuuden päivinä puutarhan rottinki-tuolissa auringonvarjon alla...?

- Ei liian kilttiä, minulle! - Heräisin sen pöydän alta varmaan!

- En kai osannut sitä, minkä muut näyttävät hallitsevan?

- En osannut muuta kuin elää! - Heh?

- Suo...

- Koti...

- Suo...

- Ehkä kasvoin vain aikuiseksi?

- Saan olla kotona!

- Hengittää... - Sitä!

- Kantaa vastuu!

- Ehkä upposin sinne suohon!

- Alkuperäisen takana on ihminen!

- Minun ihmisyyteni!

- Kirjoitin siitä ensimmäisessä kirjassani!

- Muistan!

- Tein sen kaiken!

- Pakkohan minun jos kenenkään on se hyväksyä, itseni, jos vaadin sitä muilta! - Sinä vasta työtä!

- Mutta se on rehellistä! - Ajatella se asia niin!

23 Käydä jotain loppuun?

- Kas vain... - Näin puolitin itseni näppärästi!

- Ei sillä on puolensa, tarkoituksensa!

- Yö oli taas vaikea... - Särky! - En jaksa tuntuu, että en pärjää enää! - On huoleni!

- Olen taas aloittanut jotain mitä en voi pysäyttää!

- Ei tarvitsekaan!

- On saakelin tylsää yöllä hikoillessa miettiä: Nuoruus meni jo! Kaikki idolit, nuoruuden idolit ovat eläkeiässä.

- Kai olen sitten kypsä! - Kypsässä iässä?

- Kyllä ihminen tarvitsee noin psykologisesti ottaen roolimalleja!

- Hakee samankaltaista!

- Se on mielestäni tervettä!

- Mutta tylsää kun kaikesta on jo niin kauan, ettei uusi sukupolvi muista heitä, ja he ja heidän idolinsa ovat leivottuja vellihousuja!

- Pahin ikäkriisini ikinä!

- Kolmekymppisenä olin niin masentunut, murskaanut... Että en välittänyt ikääntymisestä!

- Ja nelikymppisenä elämäni kunnossa!

- Hyperaktiivinen ehkä?

- Mutta sille on tarkoituksensa!

- En jaksa purnata!

- Mutta en jaksa nukkua, vain nukkua, kipua ja

maata tai lääkkeitä!

- Ymmärrän sen kyllä, mikä nuorena minusta vapautui! - Vanhempani... - Olisivat jättäneet hänet, jos eivät olisi rakastaneet... - Sulkivat ehkä osin silmänsä...

- Totuudesta! - Minä en...! - Voinut!

- Ehkä join itseni ulos sieltä kuitenkin?

- Ulos ja kadulle... - Ah, elementtini paremmin kuin tunkkainen toimisto!

- Tein kahta kesätyötä sinä kesänä nuorena kun suoritin autokoulun, yhtä täyspitkää päivää arkipäivät ja maanantai, keskiviikon ja perjantain iltahommat tiistait ja torstai illat kolme tuntia autokoulussa ja ajotunnit näiden päälle! - Matkat kuljin polkupyörällä! - Ja viikonloput ryyppäsin - Toki!

- Nyt vain huomasin, että siihen aikaan odotin elämältä muuta - Niin paljon! - Tai itseltäni?

- Ehkä vanhempieni unelma!

- Olen silti elänyt oman elämän - Oman näköiseni, paitsi ne avioliittovuodet!

- Ja se on taas virheeni! - Haluaisin niin olla kunnollinen! - Mutta en ole! - Ja jos yritän muuta loukkaan taas jotakuta! - Kaivan sydämen rinnasta! - Häivy! - Kun en jaksa enää!

- Eli, ei minulle tapahtunut mitään!

- Yritin vaan liikaa!

- Olin tällainen! - Ja pohdin! - Saavuttaa! Se ei tule yrittämisen kautta... - Olla muuta seurakoira!

- Tupakka loppuu! - En ole pummi!

- Mielessäni pyörii vain välähdyksiä eri kohdista elämää!

- Nyt olen saanut olla kotona pari päivää! Hoitanut kaikki käytännön asiat, täyttänyt ruokakaapit, siivonnut myös kodin, pyykit on pesty! - Ja sen jälkeen varmaan kadulle?

- En löydä kuin kaltaisiani tulevasta sieltä - näköistäni.

- En ole huolissani, pelkää!

- Peilistä en sitä löydä, rikoin sen!

- Jotain on tullut käännekohtaan! - Tunnen sen!

- Se lapsuudenystäväni päästi irti! - Hänen kohtalonsa! - Tie loppuun!

- Zadig... - Oikeamielinen!

- Oikea... Mieletön!

- En jaksa siteeraamistani!

- Se mies hyppäsi parvekkeelta! Kuuli äänen päässään! - Hyppää nyt! se sanoi.

- Sain syyt siitäkin?

- En edes tuntenut häntä!

- En ollut ikinä nähnyt!

- Olen paha?

- Mutta en jaksa edes luovuttaa!

- Koska... - Olin rehellinen!

- Tarkoitukseni oli aina hyvä!

- Sillä ON MERKITYSTÄ!

- En huoli, en pelkää! Vaikka ruumiini näin illasta on loppu ja mielessä pyörii todellakin jaksanko enää sitä mitä aloitin?

- Noh, pakko!

- Lähdin nuorena miehenä kotoa, ja päädyin tähän! Olen kiltti koti-ihminen! Jokainen, joka on käynyt kotonani tietää sen! - Siistiä, olen hiljaa ja rauhassa!

- Siksi kaksi huonetta teininä! Rockin roll-henkinen ja toinen sen koti-ihmisen!

- Kaksi puoltani!

- EI KAKSI PERSOONAA!

- Eri asia!

- Kiltti koti-ihmispuoleni ei vain pidä siitä mitä bilettäjä tekee! - Siksi siisteys!

- Ei sairaus! - Freud!

- Bilettäjäni ei vain pidä sen koti-ihmispuoleni hempeydestä?

- Miksi minulle minun maailmassani on pilleri-purkkeja...? - Niitä tyhjentämällä itsensä tappava nainen? - Parvekkeelta hyppäävä mies? - Haulikko leukani alla! - Itseni sinne laittamana! - Peilin sirpaleita!
   - Olen kiltti perhe- ja koti-ihminen!
   - Eikä se ole luulo! - Eikä olekaan!
   - Tahdon sitä elämältä myös!

- Se vain on minussa voimakkaana!
   - Haluan elää siistissä ympäristössä!
   - Ei sairaus! - Ominaisuus!
   - Niin kuin alkoholisminikin! - Hallittavissa itsekurilla! - Vaikka sairaudeksi luokittelevatkin!
   - Tiedä häntä?

Tulin juuri hissillä ylös asunnolleni. Olin ollut ulkona tupakalla. Katsoin hissin peiliin. Miltei kavahdin! - Minä...
   - En kavahtanut! - Mutta muistin jotain! Kun olin kasvuiässä - ehkä kymmenen, oli jännittävää, katsoa kasvamistaan ajan kuluessa... - Yllän peiliin... - Näen otsani sieltä, lopulta kasvoni parin vuoden sisään! - Se oli hienoa!
   - Tyttäreni on tehnyt joskus samaa! - Nyt aikuinen...

- Joskus myöhemmin, nuoruudesta katsoen siis, mietin: Lukion jälkeen en vielä tiennyt mihin jouduin! - Se aika siis silloin kun mitään ei ollut vielä "tapahtunut"! - Ei parveketta, ei masennusta, ei haulikoita, ei tolkuttomia miltei tunteeseen tappavia ahdistuskrapuloita...
- Se oli vääjäämätöntä...
- Se nuoruuden virheistä!
- Äidillä on vanhainkodissa kuva minusta, ainoa. Siinä olen ylioppilaslakki päässä!
- Heidän ansiostaan, äidin, ymmärsin!
- Ehkä vanhemmillani on osuutta asioihin, tapahtumiin?
- Äsken näin ITSENI peilistä kokonaan!

- Äiti olisit katsonut kenen kanssa minut teit! - Tai edes isän kanssa jossain vaiheessa lakanneet uskomasta, että olen, isäni, minut kasvattaneet miehen biologinen poika!
- Isä oli hyvä isä!
- Mutta olisin voinut tietää asiasta ennen kuin täytin kahdeksantoista! Se olisi antanut minulle aikaa sopeutua ennen kuin alkoi tapahtumaan!
- No, se meni jo!
- Lukiosta se kaikki alkoi! Kun marssin valmiina ulos sieltä minua odottikin toisenlainen maailma - tyystin!
- Äiti olen sinulle enemmän ylioppilaasi kuin poikasi! - Tuotoksesi! tuntuu välillä!
- Ex-vaimoni ei muistanut olla minun kanssani!

Huomautin asiasta! - Olen tässä! Mutta aina kolmen kuukauden päästä en ollutkaan! Katosin hänen näkyvistään! Vaikka en itse muuttunut mihinkään!

   - Olla näkymätön! - Näkymättömissä!

   - Haulikoita, lääkkeitä...

   - Olin minä!

   - Minulla on ranta!

   - Upposin varmaan sinne suohon?

   - On niin paljon, mitä käsitän nyt!

   - Siksi ikäkriisi?

   - Turhaan?

- Nyt tiedän, tunnen, tajuan ne molemmat puoleni! - Se kaksijakoisuuteni! - Ei tosiaankaan sairaus - psyykkeen...

   - Se toinen ei kestä katsoa maailmaa ja olla siellä! Vaan haluaa tainnuttaa itsensä pois näkemästään - todellisuudesta!

   - Se toinen vaalii häntä, itseään siis, uskoa, ja siivoaa asunnon, jotta saa krapulasta herätä kuin hotellista huonepalvelun jälkeen! - Olet sen arvoinen!

   - Se on se juttu!

   - Ja tiedän, mistä tuo tulee, kaksijakoisuuteni kumpuaa..

   - Nyt ne nuoruuteni kaksi huonetta sulautuvat yhteen.

   - Että tietäisin!

   - Siksi!

- Nyt ymmärrän... Nuorena se "pimeämpi" puoleni sai, otti yhtäkkiä vallan. - Ne beesit verhot siellä.

- Ja jäin henkiin. Vain kysymällä: Miksi!

- Ja tässä olen!

- Jaksoin aina kerätä voimani jostain takaraivoni syövereistä... - Siivota, pitää toisen puoleni elossa.

- Ei sairaus!

- Keskiviikosta sunnuntaihin kännissä, nuorena, maanantai, tiistai... - Juoksulenkit krapulasta pamppailevin sydämin. - En päästänyt irti!

- Siivoaminen...

- Siksi tasapaino tänään näiden välillä!

- Minulle ei jäänyt kuin ranta, ja äiti. - Äiti asut siellä luolan perukoilla niin kuin aina ennenkin hieman syrjässä rannasta!

- Tavarat...! - Minä sain takaisin sen mikä puuttuu!

- Mutta ymmärrän asian sidonnaisuuden ansioihin oman kapasiteetin varjolla. - Jos minulla olisi rahaa ostaisin takaisin kaiken, mikä minulla nuorena oli!

- Kuuluiko se minulle?

- En ehkä kuollutkaan?

- Muistin yhtäkkiä ammattini; olen kokki, hieroja, rakennusmies ja -maalari, sekä mekaanikko, ja kuljetusmies?

- Ei seppä!

- Halusin aina kokkikouluun! Mutta allergiani

esti sen!

- Ja harrastukseni: Nyrkkeily! Kenties kehonra-
kennus? - Ei voimistelu ja kestävyyslajit!

- Äiti... Suljin yhtenä päivänä oven kun olin nuori
mies! Huusin taakseni: Hei! Nähdään!
- Ja nyt astun kotiin!
- Äiti! - Olet vielä! - Niin kuin minäkin!
- Nefer... - Nyt tiedän miksi näin sinut... - Aina!
- Opetit minut jäämään henkiin!
- Jaoimme sielun! - Ja suuremman kokonaisuu-
den siten!
- Beatrice... - Olin yksin kanssasi!
- Olit siinä!
- Ex-vaimoni ei ollut Beatrice!
- Etsin Beatricea silloin...
- Siksi aikaa...
- Tähän...

- Sinun smaragdinväriset silmäsi...! - Olivat tyttärel-
läni kun hän syntyi, silloin jokusen kuukauden, eh-
kä kolme... Ennen kun ne, hänen silmänsä, muut-
tuivat sinisiksi niin kuin minunkin!
- Sain rauhan!
- Voin taas valita!

- Ne tavarat!
- Ranta!
- Tiedän mitä sinne kuuluu. Suljen silmäni ja
kuulen laineiden rauhallisen, rauhallisen, medita-

tiivisen liplatuksen, näen veden värin ja hivutan jalkani rantahiekalle ja korkkaan oluen.

- Mielikuvissa...

- Nyt en ole mielikuvassa!

- Ei tarvitsen nyrkkeilysäkin ja hanskat! - Ja ne käsipainot, isäni aikanaan ostamien tilalle takaisin...

- Siinä se! - Tajusin! - Sen mitä tarvitsen! - Mitä tavoitella!

- Matkani väsytti minut niin, että hyvä kun pääsen ylös lattialta, jonne istahdin venyttelemään! Päivät pysyn hereillä kun pakotan itseni kävelemään! Ja uuvun taas!

- Minulla on kaksi pulloa mietoa viiniä illaksi.

- En ryyppää siis - mittapuullani!

- Nautin!

- Nefer.. tyttäreni, en näe teitä enää koskaan!

- Ehkä näen!

- Näin teidät peilistä! Olitte heijastumia!

- Nyt seison peilin edessä. En takana!

- Ei häpeää! - Täälläkään!

- Nefer... - Ehkä tiesit sen kun jätit minut - miksi? - Sen tarkoituksen! - Mutta et kertonut sitä minulle! - Vaan jätit ajan kulumaan luottaen, että löydän vastauksen!

- Niin tein luulen!

- Ja vaikka suruni oli suuri luovutin sinusta heti, ilman kyyneleitä silmissä kun halasimme viimeistä

kertaa, ja annoin sinun mennä... - Sinne minne si-
nun pitää!

25 Unelma seuraa

- Et nähnyt minua... - Olit toivonut kilttiä miestä, joka laittaa sinulle ruokaa, tiskaa, on seurana ja siivoaakin vähän!

- Tein sen luonnostaan! - Siinä olin!

- Ilmestyin elämääsi! Ehkä vähän vanhempana kuin olit kuvitellut, toivonut!

- Et tutustunut minuun täysin... - Vaikka tunsitkin...! - Mutta... - Myöhemmin jäin osin luulon varaan!

- Olit unelmani!

- Se, että olit valmis, ja toivoitkin jopa pahaa itsellesi, että pääset pois luotani... - Tilanteesta! - Lopulta?

- Tänään pystyn näkemään sen näin tältä kannalta!

- En jatka ajatusta!

- Olen niin väsynyt, yhdentoista tunnin unenkin jälkeenkin, että en ole erottaa päivää yöstä, vaikka aurinko paistaa ja tiedän, että kello on kaksi. Aistini eivät toimi - yleensä valppaat!

- En ole krapulassa tai kännissä! - Kipu - sen tunnen morfiinin läpikin!

- Parsifal, täydellinen ruumis... - Kipuineen...!

- Heh!

- Saavutettu!

- Rakastit minua! tiedän sen! Vaikka katkaisin säh-
köt lähtiessäsi, että menisin pois!

- Käänsit ehkä rakkautesi vihaksi, että pysyisin
pois!

- Rakastit niin paljon?

- Mutta tunsit aitoa vihaa minua kohtaan! tie-
dän.

- Käänsit rakkautesi, vihasi itseäsi kohtaan, mi-
nua vastaan?

- Tai sitä kellonlyömää kun näimme?

- Etten jäisi vierellesi! - Koska rakastit minua?

- Ehkä siksi?

- Meidän sielumme sisällä peilin sirpaleet!

- Lupauksesi!

- Ehkä tietäen mihin menet...

- Kertomatta sitä minulle!

- Siksi!

- Käänsit kaiken minua vastaan!

- Tunsin itseni pieneksi silloin!

- En voinut mennä silloin minnekään kun ma-
kasit sairaalassa lääketokkurassa.

- Hoidin lemmikkejämme kylmässä asunnossa,
ettemme palelisi ja varmistin että kaikilla olisi ruo-
kaa!

- Olit poissa!

- Sinun vierelläsi oli aitoa laittaa ruokaa, olla
seurana, tiskata ja siivota hieman!

- Ja tunsin kuuluvani siihen!

Kun "hän" lähti... Nukuin siellä sängyssämme. Ne lasinsirut, peilinsirut lattialla! Koin ehkä viikon mustasukkaisuutta! - En tiennyt missä olet...kihlattuni!

- Mutta sitten luovuin mustasukkaisuudesta.

- Tietäen...

- Se on vain hyväksymättä jäämisen tunnetta!

- Ei, hyväksyn itseni...

- Todellakin sinulle kävi niin, että et valinnut et pystynyt! Olin siinä, mutta halusit sinne vanhaan elämääsi... Olin siinä mahdollisuus uuteen!

- Huumeesi oli niin vahva, että et osannut, voinut valita!

- Rakastit minua kyllä!

- Ja sekosit!

- Et ehkä halunnut loukata?

- Ja kuulin myöhemmin... - Että...

- Olin vain silloin aiemmin, silloin kun kaikki alkoi tupsahtanut elämääsi eräänä päivänä kello 11.53.

- Se mitä kuulin sitten myöhemmin oli, että noihin aikoihin sinut oli nähty siellä toisessa paikassa niin usein, että sinut tunnettiin siellä, että sinun luultiin asuvan siellä asunnossa, jossa asui joku muukin, muu mies!

- No, minä tein järjestelyt elämässäni... Muutin toiseen kaupunkiin luoksesi! - Jätin paljon!

- Olin etsinyt sinua!

- Ja opetit selviämään! Pysymään hengissä!

- Nefer! - Otin sinun tapasi... - Ehkä elämäsi elääkseni...?
- Mutta pointti on se, että rakastan...

26 Silmissäsi ikuisuus?
- Silmät seisovat päässä

- Ajoin kerran eräänä aamuyönä... - Emme asuneet silloin vielä yhdessä, luoksesi kovassa humalassa miltei kaksisataa kilometriä! - Ja soittelit miltei viidentoista minuutin välein kysyen: Pääsetkö nopeammin? - Pelkään! - Olisit täällä jo!

- Pian...! - Olen siellä! koetin rauhoitella, lohdutella sinua. Ajoin jo sataa kahdeksaa kymppiä.... Vastaillen välillä soittoihisi!

- Olit nähnyt pääkalloja, kalloja, joka puolella!

- Varoitin! - ÄLÄ LEIKI SILLÄ!

- Leikit kuitenkin!

- Nefer... - Amfetamiinia!

- Mutta olin läsnä, turvallinen!

- Itse joit korttisinkin jo joskus sitä aiemmin kun olit lähtenyt hakemaan lääkkeitäsi myöhään illalla ja kännissä!

- Turvallinen... - Vielä silloin jaksoit sanoa sen: Hyvä kun tulit! - Olet siinä!

- Jäät ehkä Nefer... - Arvoitukseksi, minkä tähden elää... - Taas! - Sinä, miksi näin sinut?

- Miksi tiesin, että olit sinä kun törmäsimme?

- Äitini sanoi aina: Egyptiläiset veistokset... Piirrokset seinillä, niiden hahmojen silmät tuijottavat ikään kuin ikuisuuteen... - Ne ovat sinun silmäsi

Nefer.. - Niin syvät! - Näin sen niissä!

- Se vähäpuheinen mies, joka käy samaan aikaan kanssani tupakalla ulkona. - Tiedän kuka hän on...
- Kunhan tiedän, ei sillä väliä...

- Nefer... Luulen, että sinusta tulee se, jota mietin lopun aikaani...
 - Ei!
 - Tiedän, että näen sinut vielä!
 - Ettei tarvitse miettiä!
 - Et ole ajatuskuva!

- Terveys... Muistinko Matteus laittaa sen mukaan pakettiin?
 - En muista!
 - No, ei se mitään! - Olen tyytyväinen elämääni!
 - Ei...! - Muistin kyllä tehdä sille jotain!
 - Olenko nyt valmis?
 - Mihin?
 - Kuolemaanko?
 - Ei, en tiedä?
 - En kuollut aiemmin!
 - Ehkä kuolin?
 - Olen elävä... - Minusta saa otettua vielä veri-
kokeet!
 - Täytyy sen olla niin!
 - Vai kuolinko?
 - Enkä kuollut!
 - Dali, Oscar Wilde...!

- Ehkä olin vain kännissä ja kaaduin tuolilla keittiössä, ja sammuin lattialle?

- Se oli Dante, jonka korvissa soi: Olet kuollut!

- En minä ikinä! - Luinko liikaa?

- Joskus vieläkin suon jälkeen pysähdyn kadulla tietyksi aikaa, hetkeksi, paikalleni niin kuin silloin!

- Se ei aina anna minun nukkua - suo. - Tiedän sen!

- Se on unelmani... - Tae!

- Suo! - Nefer...!

- Ei se mitään!

- Ei se mitään!

- Ei se mitään!

27 Sielun täysi

- Nefer... Olitko halujesi puolikas? - Sielultasi ihmisenä?

- Ei kukaan ole! - Pitäisi olla!

- Sitä mitä kaipasit, etsit, ei ehkä ollut saatavilla tai edes olemassa nuorempana painoksena miehestä...?

- Olin siinä! Et katsonut eteesi!

- Ja samaan aikaan olisi vielä pitänyt olla täysin trimmattu vartaloltaan!

- Treenattuvartaloinen koti-ihminen kuulostaa metaforalta, joka ei toteudu! - Jotain, jossa käsitteenä luonteiden tunnuspiirteet eivät täsmää, todellisuuden ja sitä kautta yhteen millään koko ihmis-kokonaisuuden kanssa, siihen sovussa kiteytyen - ikinä! - Tuollainen paketti sen olemassaolo kuulostaisi jo teennäiseltä, ja sellaisenaan lipevältä!

- No, en huonokaan siinä ollut vartalon muotojen suhteen? - Olen kyllä treenannut elämässäni paljon, mutta en ulkomuodon vuoksi! - Vaan pärjätäkseni vanhana!

- Täydellinen en ole! - Ei kukaan ole!

- Totuttujen tai paremminkin haluttujen ominaisuuksien lista onko vaan loputon...?

- Minua on vain yksi! - Ja kaikki tuo, haluamasi piirteet samassa paketissa minussa! - Mutta mittasuhteiltaan eri suuruisina kuin toivoit!

- Mikä itse olen kun kaipaan sinua silti...? - Olin siinä! - Kaipaan...! - Hengitin sinua - JOPA KIUKUTTELUASI... - En ehkä sitä kun sätit niitä puutteellisia ominaisuuksiani.
- Peili...
- Kyllä sinä tiesit yhtälailla kuka olen! - Tunsit minut! - Ajan syövereistä muistit minut, mutta sitten aikaan sopimattoman, aikaamme sopimattoman version minusta?
- Ehkä mihin tahansa aikaan? - Heh!
- Minussa sait sen mitä halusit!
- Kiltin koti- ihmisen, joka tiskaa, laittaa ruokaa, on seuraksi ja siivoaa vähän!
- Mutta kun olin, olen se, sekään ei käynyt!
- Lällöä?
- Halusit myös toimintaa elämääsi!
- Halusit kiltin kotimiehen!
- Sitä toista puoltani et halunnut, tullut toimeen sen kanssa! - Sellaisena! - Esittelin sen sinulle. - Se ei ole koti-ihminen! Vaikka olen kiltti ja hiljainen kännissäkin, ainakin kotosalla!
- Kävimme kyllä baareissa yhdessä. Otimme pullon viiniä pöytään tai Viski-paukut, ja olutta minulle ja sinulle siiderisi!
- Se toiminnasta!
- Halusit kiltin koti-ihmisen! - Sait sen! - Olin! - Ja menit naljailemaan siitä myös minulle! - Ikään kuin et olisi huomannut, että kiltti ja samaan aikaan päihteiden kanssa seikkailunhaluinen kotimies on vaikea löytää - sellaisenaan!

- Se, tuollainen, on kontrolloimista - Toisen!
- Tehdä niin, niin kuin käyttäydyt, ja naljailit päälle!
- Ei ihme, että siinä kävi niin kuin kävi!
Sanoit itse: näin myöhemmin: Myrkylliset toisillemme!
- Voi kun olisit tiennyt silloin mitä haluat!
- Sanoit kerran vetäessäsi Amfetamiinia nokkaan: Olisit tullut kymmenen vuoden päästä! Haluan elää sen aikaa!
- Jos olisin tullut... Olisin vielä kymmenen vuotta vanhempi! - Otitko huomioon sen...?
- Halusit elämää! - Et minua!
- En ihmettele... - Sitä... - Ennen kuin tapahtui!
- Kuollaan sitten kunnolla jos täytyy! ja nostit katseesi erään kerran pöydästä imaistuasi viivasi!
- Siinä oli jotain pahaenteistä jo silloin! Ja tuo tapahtui vähän ennen kun lähdit!
- Sinä kuolit!
- Ei unelmalle jatkoaikaa saa! - Ei, unelmaa pidä kontrolloida! - Vaan elää se täysin rinnoin!
- Se on kontrolloimista, todellakin! Toisen ihmisen mitä teit, miten lopuksi käyttäydyt!
- Meillä oli toisemme hetken aikaa! - Pelkkää unelmaa! - Saimme olla yhdessä!
- Myrkylliset toisilleen! - Ymmärrän! - Toinen haluaa kontrolloida - todellisuutta, naljailemalla, toinen ymmärrystä! - Sanoen rivien välistä: Ole, muutu paremmaksi...! - Minulle?
- Se muuttuu myrkylliseksi kyllä varmasti tuollainen!

- Naljaileminen, siedin sen kyllä!

- Tapasit minut kiltin miehen!
    - Kosit...!
    - Ja halusit lopuksi karata?
    - Minä sinut!

28 Yhteen - Törmäys

- Valitsit unelman sijalle - elämän...! - Elää jatkaa samaa vanhaa... - Etsimistä - loputonta! - Elää sitä elämää?

- Sen sinä teit kulta!

- Menetin sinut, oman unelmani, siinä! - Olit unelmani - koko paketti kiukutteluinesi! - Sinä!

- Ja nyt ymmärsin imperfektin tuossa!

- Ja voin jatkaa elämääni?

- Et ehkä tuntenut itseäsi? - Mutta mikä olin? - Koekaniini no. x?

- Tältä pohjalta ajatellen!

- Mitä itse haluan elämältä...? - Jälkeesi!

- Rikoit minut valitsemalla huumeesi, vapautesi! - Se oli MINUN aikaani loppujen lopuksi! - Se mitä tuhlasit! - Pois minun elämältäni, elämästäni! - Kenen luvalla? - Naimisiin piti mennä!

- Mutta en pysty sinua vihaamaankaan sen vuoksi, että rakastan, rakastin sinua niin! - Eikä se ole, ollut, paatoksellista, itsekästä rakkauden hurmosta vaan välittämistä - kuulua yhteen! - Siitä puuttui Tristanin ja Isolden myrkkymalja! - Kummaltakin! - Välittäminen, tekoja terveen itsekkyyden puitteissa, sietämistä, sitä se on!

- Minä laitoin hyvää ruokaa! muistit mainita! - Olin hyvää seuraa! muistit mainita! - Tiskasin, siivosin!

- Muistit halata! Tarpeellisen määrän! - Istuimme takkatulen ääressä! - Kävimme ulkona syömässä! - Laitoit meille usein kahvinkeittimen valmiiksi illalla aamua varten huikaten iloisesti: Kulta laitoin kahvin valmiiksi aamuksi! Paina päälle vaan kun nouset kuitenkin ensimmäisenä! - Ihan normaalia parisuhde-elämää!

- Jos olisin alusta asti tiennyt, että ajattelet taustalla noin! - Haluat tuon kaiken samaan aikaan - halusi täyteen! - Ja vain odottamisen pois - elämästä... - Se, mille olit sokea - yhtälö ei toimi noin! - Olisin osannut laskea matemaattisen vastauksemme jo aiemmin!

- Tiesitkö itsekään, että teit niin?

- No, annoit minulle mahdollisuuden!

- Kiitos siitä!

- Toista ei tule!

- Saan nyt jättää muistosi!

- Kaikki loppui täydelliseen matemaattiseen soppaan, epäyhtälöön "on erisuuri kuin" -merkkeineen! Ja minusta tuntui, lopuksi, että jäin puuttumaan tai laskumerkiksi! - Ikään kuin voisit tehdä tämän kenen kanssa vaan! - Tuntuu, että minä olen yhtälömme erisuuri kuin-merkki!

- Ei, kyllä rakastit minua! - Tiedän!

- Voi olla, että lähdit pois kun olisit kumminkin seonnut syliini lopuksi, ja menit sen tähden, että en näkisi sitä!

- Voi olla?

- Mutta se ilta... - Viimeinen! - Meillä ei ollut televisiota! Olimme yhdessä koko ajan! - Ja viihdyimme niin! - Tiesit millä minut saa hermostumaan ja kesken tavallisen illan sanoit: Voisin hakea nuoremmankin! - Sinä saat seksiä kyllä naiselta kuin naiselta! - EI tässä vaiheessa! päässäni leikkasi kiinni! Olemme menossa naimisiin ja rekisteröidyt avopuolisot keskenämme! Hain Viski-pullon kaapista! Ainoa matemaattinen tuossa kohtaa tuli mieleeni: Lupauksesi! Oletko miettinyt niitä antaessasi, että ne ehkä on hyvä pitää. - Olit itse kosinut minua! Viihdyimme todella yhdessä!

- Aloin juomaan... - Olimme juoneet jo viiniä! - Sinulla oli sitä vielä!

- No, rauhoituin! - Koska olit tärkeä! Ja menin aikaisin kymmeneltä sänkyyn nukkuakseni etten joisi! - Pyysin sinut kainalooni!

- Ja tulit!

- Ja pyysin, että olisit minulle hellä sanomisiesi jälkeen! - Näyttäisit ettet ollut tosissasi! - Olit pahoittanut mieleni pahoin! - Olet menossa MINUN kanssani naimisiin! - Ehkä siinä kohtaa tajusit tulevaisuutesi: Olet varattu! Ja itse poistanut minut poikamiesten joukosta - minut!

- Noh, seurustelemaan aikanaan olimme alkaneet tavattuamme ja tutustuttuamme, ja myöhemmin sitten olin muuttanut kaksioosi toiseen kaupunkiin! Hääsuunnitelmme olivat pitkällä, päivä sovittu ja maistraatti varattu! Ja ylipäätään seurustelles-

samme olimme viettäneet aikaa minunkin luonani!
Mutta todenneet, että on sinulle suotuisampaa ti-
lanteessasi jos itse vaihdan kaupunkia muuttamal-
la sinun luoksesi.

- En voisi itse enää mitään tässä vaiheessa!

- Ei, en nuorene enää!

Kosketit kämmenelläsi vatsaani kuin sitä inho-
ten! Ja sanoit: Ei, ei voi...!

- Mikä on kulta? yritin tyynnytellä.

- En ole väkivaltainen, mutta tiesit, että minut
saa suuttumaan vain yhdellä tavalla, loukkaamalla
minua henkilökohtaisesti ja tarkoituksella! - Ja teit
sen siinä!

Nousit sitten pikkuhoususiltesi ja toppi päälläsi
kävelemään keittiöön ja jatkoit naljailuasi!

Nousin pullolle!

- En saanut hellyyttäsi vaan tuon naljailusi! - Ja
jatkoin juomista ja kuuntelin.... - Vielä hiljaa!

- Sinä et ole enää vapaa! - Tajusitko sen muka vasta
siinä vaiheessa, ja järjesti itsesi pois? - Syyn itsellesi
mennä - näin!

- En tiedä...?

- Myöhemmin myönsit provosoineesi tuon rii-
tamme alkuun!

- Lupauksesi...

- Seksiorjuus...

29 Ero - Ainoa rakkauteni!

- Kihlaustamme emme koskaan purkaneet viralli-
sesti! - Ehkä sille ei ollut syytäkään!

- Vaan lähdit sinä yönä. - Syy on minun...?

- Sait minut sellaisen raivon valtaan, että en-
sin tartuin sinua olkapäistä ja ravistin lujaa tivaten:
Mitä tämä tarkoittaa? Ja vastasit jotain neutraalilla,
mutta jotenkin häpeämättömällä ja vähättelevällä
sävyllä. - Koko juttua, meitä halventavalla! Ja mene-
tin kontrollini. Olimme siirtyneet olohuoneeseen ja
ensimmäinen esine, mikä käteeni osui oli herätys-
kello takan päältä ja heitin sillä sen peilin seinältä
ensin rikki...

- En muuten koskenut sinuun, mutta odotit kun-
nes käyn nukkumaan ja lähdit vasta sitten!

- En muista ehkä siksi, että pelkäsit, että käyn
käsiksi jos lähdet kun olen hereillä!

- En ollut koskaan tehnyt sellaista... - Käynyt kä-
siksi aiemmin!

- Tiesit kyllä mistä naruista vetää kanssani!

- Rikoin ja revin esineet mitkä sain käteeni Vis-
kiä juoden! Jopa oman kännykkäni, joka osui pöy-
dältä tielleni!

- Ehkä vain halusit sen panon nuoremman
kanssa sinä päivänä?

- Olimme puhuneet vapaista suhteista, ja tie-
sit kantani: Naimisiin menossa oleva kihlattu

pariskunta... Minun kohdallani sinä: Kihlattuni!
- Ei! - Vapaat suhteet kuuluvat seurusteluun! - Jos
edes kuuluvat! Naimisissa on vain yksi mies ja nai-
nen!

- Siinä se!

- Ehkä saitkin sen panosi? Kuulin jälkeen päin, et-
tä olit pari kolme yötä ollut kaverillasi huumeiden
perässä! Hieman sen jälkeen isäsi tuli kertomaan
kun ei saanut minua kiinni, että makaat sairaalas-
sa erittäin vakavassa psykoositilassa! - Olit löytynyt
kadulta yöllä sekavana!

- Mutta ymmärrän kyllä omaa käytöstänikin!

- Vaikka se näyttää eri asialta jos kertoo pelkäs-
tään, mitä minä tein kertomatta illan muita faktoja
ja provosointiasi riitaan!

- Muuten meillä oli kaikki niin hyvin!

- Se peili oli se, jonka edessä meikkasit, ja sille
oli täsmäsyy rikkoa juuri se ensin!

Ja nukahdin lopuksi sinä iltana arvaamatta että
lähdet koskaan enää palaa takaisin!

- Näimme kyllä vielä, ja juttelimme puhelimes-
sa!

- Olit päätöksesi tehnyt!

- Ja jäin siihen "uuteen" elämääni ilman sinua!
Saaden yksi ilta viestin: Olen yrittänyt ottaa ylian-
noksen! Ambulanssi tulee hakemaan! - Hyvästisi!

Menin tapahtumista sekaisin ja aloin juomaan,
oikeastaan jo lähdettyäsi, kaivaten samaan aikaan
arkeamme, vielä tajuamatta, hyväksyä, että se on

kaikki poissa siinä kohtaa lopullisesti - ohi, ja samalla karvaasti kaivaten kotikulmia ja veljeäni, jotka olin jättänyt taa päästäkseni nyt tänne luoksesi hoippuen nyt huoneissamme tavaroidemme ja muistosi keskellä! - Lamaannuin! Lamaannuin ja join tietämättä mitä tehdä! Ja muistan vielä kun yhtenä yönä kun olit vielä sairaalassa olin niin huolissani, ettet karkaat sieltä kadulle huumeen perään, että lähdin jalan, kun puhelinta ei ollut, kello kolme yöllä katsomaan, oletko siellä vielä, tietäen, aavistan seuraukset jos et ole! Kysyin kihlattuani ja sanottiin: On sisällä osastolla vahvassa lääkityksessä!

30 Kontrasti - Pohjapiirros

- Ei, kaikki alkaa tuntua niin etäiseltä - menneisyys!
- Isoisä... - Mikä olin silloin?
- Olin sama!
- Ei eri! - Kontrasti ero... - Olin kiltti poika?
- Viattomista, viattomin varmaan - luulin! - Näin itseni niin, halusitte!
- Ei, nyt en enää tunne kylmää tai kipua!
- Ei, tunnen! - En vaan välitä! - Enää mistään!
- Ei, ei se sitä ole - vastuuttomuutta!
- En vain välitä!

- Hassusti sanottu minulta! - Välitän minä, ja kannan vastuuta tulevasta – tulevaisuudestani! - Teen kyllä kaiken! - Eli uskon tulevaan!
Mutta kyräilen: tämä välivaihe saa vain minut kyllästymään joskus!
- Tämä kävely!
- Kunnes löydän hänet jostain!
- Siihen asti en välitä - maailman melskeestä!
- En kuollut! päätän.
- Öinen katu tunsin sinut hyisenä eilen!

- Olen kotona! - Ah, ostoskeskuksen kulma!
- Kuulun sinne!
- Mikä olen?

- Äh, en vain tiedä kuinka kauan pysyn jaloillani?
- Minulla on alkanut jäädä asioita rästiin!

- Eivätkä nämä rästiin jäävät asiat johdu laiskuudesta tai alkoholista! - Vaan siitä, että olin rahaton - hetken, ja tarvitsin tupakkaa.

- Ja keinoni hankkia sitä vei ajan aikani kadulla!

- Eivät toimeni laittomia ole! Kunhan käyn lainailemassa rahaa ystäviltäni! Ja maksan sitten takaisin! - Loppukuu ei vain ole otollisinta aikaa saada lainaa! Ja toimeni veivät pari päivää. - Ryyppyjä kun saa helpommin kuin rahaa! - Heh!

- No, hauskaa pidettiin samalla ja lisäksi sain muutamia esineitä, joita tarvitsin. Pieniä työkaluja, joita tarvitsen kotona!

- Olen vain miettinyt miksei minulla ole ollut peittoa sängyssäni pariin päivään?

- Se jäi veljelleni kun olin hänen luonaan kylässä!

- Samoin puhelimeni... - Hukkasin sen! - Enkä ole myöskään maksanut sähkölaskuani siksi, koska ainoa valokuva siitä paperilaskusta oli sen muistissa!

- No, saan kyllä rästini hoidettua!

- Muistin ostaa mehua!

- Viime yönä kaipasin hellyyttä! Nefer jätän sinut mielestäni...

- Kaipasin naista viereeni!

- Olen kyllästynyt, en kaipaa niinkään, vaan kyllästynyt siihenkin, yksinäisyyteeni!

- Vaikka en edes ole!
- Ehkä odottamiseen!
- Mutta kaikelle on aikansa!
- Jotain todellakin loppui viime viikolla!
- Alkaakseen... - Alusta?
- Olen varma! - Tunnen merkit!

- Ensi yö tulisi taas olemaan vaikea! Vain neljä olut-
ta sitä ennen! Krapula koettelisi!
- Minulla on silti kaikki mitä tarvitsen!
- Sain kyllä kaiken tehtyä tälle viikolle!

- Muistan kun heräsin. - Ne peilin sirpaleet olivat
lattialla....
- Näyttääkö maailma tältä lapsen silmin?
- Kuljenko yhä samoissa lenkkareissa kuin tei-
ninä?

31 Odotus

- Odotinko koko elämäni? kysyy se nuori mies, minä, päässäni - tätä, elämää? - Vaikka tiedän eläneeni viimeiset kymmenen vuotta täysillä tehden juuri sitä mitä halusin! - Sillä välillä, nuoresta miehestä tähän!
    - Ei sillä väliä! Se tapahtui... - Jo!

- En tiedä isoisä, isä ja äiti! - Olette kaikki jääneet taakse, historiaan - En ole tai ollut orpo!
    - Jotkut joutuvat kokemaan sen!
    - Tämä on jotain muuta!
    Istun bussissa ja katson järvimaisemaa. Isäni elementti - aava ulappa! Isä veneineen
- lapsuuteni siellä. - Ehkä kaukana maailmasta?
    - Olen varma, että bussissa näin enkelin siinä vaaleahiuksisessa naisessa. Siipensä niin hennot
- kuvan kaunis! - Puhdas olento!
    - Mikä minä olen?

- Niin todellakin! Täytyy ostaa uudet kengät!
    - Tulin... - Mistä tulin!
    - Ja Nefer... - Olet historiaa nyt minulle!

- Miksi ihmisen mieli, muisti toimii sillä tavoin, että muistan selkeästi kun menin armeijaan, kuin eilisen päivän! - Mutta kun se on historiaa! - Siitä on kolmekymmentä vuotta! - Se PITÄISI unohtaa koko tapahtuma!

    - Ei se olin minä! - Osa identiteettiä - muistot!

    - Eidolon.... - Peili, sen takana ei ole mitään!

    - Ei häpeää!

    - Mitä sen edessä on?

    - Minulle?

    - Ei ainakaan häpeää! toivon niin kovasti!

Herään epämääräisessä kunnossa!

    - En tiedä millä tuli kotiin? Olin veljelläni juhlimassa! Ja olen ollut vasta aamuvarhaisesta kotona. - Laitoin aterian, söin, ja kävin nukkumaan syötyäni! Ja herään nyt iltapäivä kahdelta!

    - Kuinka kauan oikeasti jaksan? - Elän kuin teini!

    - Kotonani on siistiä!

32 NUORET SOTILAAT?

- Keitä ne kolme nuorta sotilasta olivat?
- He olivat velipuoliani. - Minä pikkuveli.
- Minä tunnen heidät. - En nähnyt koskaan!
- Jos minulla olisi poikia, he olisivat poikapuoliani!
- Minulla ei ole poikia!
- Jos he olisivat kumpia vaan tuntisin heidät!
- Tiedän! - Tunnen sen!
- Velipuolia! - Minulla on... En ole nähnyt heitä!
- Poikia ei ole!
- Joka tapauksessa kolme on matemaattisesti se luku - avainsana!
- Olen nähnyt sen!
- Sellaisia he ovat!
- Minun poikani silti! - Jos oikein muistan!
- Minun?
- Ei minulla ole poikia! He ehkä kuolivat?
- Isän rakkaus on!
- Suurin side tulevasuuteen!
- Tai veljen?
- Kolme!
- Nefer rakkaus oli... - Ei vaan ON välillämme!

- Ensimmäinen vaimoni...? - Kuka olit...?
- Minä varmaan kultainen aasi?
- Rakastat sitä aasia?

- Yhä! Vaikka tapasit aikoinaan miehen! - Saman kuin nyt!

- Selvisi sekin! - En ole aasi!

- Isälläni sillä, jonka tunsin oli Oidipus-kompleksi!

- Olenko taas lukenut liikaa veli? - Ja nukun kirjoituspöytäni ääressä kirjastossani laonneena kirjan päälle?

- Veli tule herättämään! - On pimeää! - En näe! - Tiedän vain kaiken... Kirjoistani!

- Margaret Weis - Juurtua! - Juurruinko kirjastooni? - Veli auta! Tarvitsen sinua enemmän kuin koskaan!

- Mekin vain rakastamme toisiamme tietäen, että kuulumme yhteen!

- Se sisältää anteeksiannon ja Paavalin sanat!

- En syö enää paljoa karamelleja!

- Olen onnellinen ihminen!

- Mihin lapsenlapseni menivät?

- Oliko minulla niitäkin?

- Olen teini poika!

- Perhonen...

33 Jatko

- Olen vieläkin suolla, tiedän sen, tunnen sen! - Jatkoin... Matematiikka! - Täsmää siinä! - Näen sen! - En koskaan päässyt pois!
- Ei minun tarvinnutkaan!

- Krapula on kova tänään! Joudun keräämään itseäni näköjään koko päivän "jalkeille". - Olo on veltto ja tekisi mieli vetelehtiä vain sängyssä makuulla. Heräsin aamulla liian aikaisin nilkan ollessa kipeä. - En tiedä mitä on sattunut? Jalka oli kivuton mennessäni nukkumaan, mutta aamulla tunsin siellä tutun vaivan: Nilvelsiderevähdys vaivaa nilkkaani! - Ehkä astuin oikealla jalalla huonosti käydessäni yöllä WC:ssä. - Tai en syömältäni Morfiinilta tuntenut kipua päivän kävelyn jälkeen kun nukahdin?

- Se kipu on ollut tänään todella viedä keskittymisen päivästäni ja saa kaiken tuntumaan turhalta! - Ei se ole! Koetan keskittyä ja vakuuttaa itselleni, ja taistella kivun keskittymistä haittaavaa vaikutusta pois! - Vaikka olen jo ottanut suuren annoksen vahvoja särkylääkkeitä!
- Olen joutunut illemmalla kävelemään saadakseni päiväni asiat hoidetuksi!
- Lapseni käy mielessäni! - Mikä olen?
- Mikä olin! - Tiedän sen! - Roikuin rinteellä pit-

kään. - En pudonnut! - Vaikka selässäni oli painava reppu!

    - En vain jaksa kiivetä enää!

    - Pitää kiinni, se onnistuu mainiosti vielä!

Minä muistan sen toisen kaupungin ja koleat kadut kun yritin etsiä sinua, saada yhteyden sinuun.

    - Joskus sainkin! - Olit lääkkeistä sekaisin!

Ja muistan sen nuoren miehen, joka asuessaan vielä kotona vanhemmillaan oksensi siihen roskakoriin baari-illan jälkeen maaten päistikkaa vatsallaan rähmällään sängyllä pää vuoteen jalkopäätä kohti jääden sitten siihen nukkumaan pää vuoteen reunan yli roikkuen. Tai sen toisen kerran kun hän käveli puoli kilometriä baarista tullen kodin ohi yöllä kännissä.

    - Veljeni kipua ole?

    - No, tämäkin päivä pitää elää kaiken tähden!

- Nilkkaani on tatuoitu perhonen. Sen nimi on: Toivon perhonen! Ja näyttää kuin se räpyttelisi oikeasti siipiään. - Olit aina halunnut samanlaisen tatuoinnin... - Nefer! - Toivon, että olet vapaa siitä kaikesta, ja otat perhosen hahmon ja lennät luokseni perhossielu - kaunis ja hauras!

    - En halua omistaa haluasi!

    - Nefer... - Olet suon prinsessa!

    - Siivissäsi, jalkojesi alla, toivon on pelkkää samaa energiaa kuin suon tantereessa!

    - Löysit minut jo kerran!

- Minulle ei jäänyt kuin veljeni, ja vanha äiti ja muutamia ystäviä, jotka löysin uudestaan. Se luokkatoverini, joka muutti vähän aikaa sitten metsään telttaan elämään juopotellakseen...

- Kaikki nivoutuu yhteen, aika, yksi hetki! Nousen ylös oksennettuani nuorena sängyllä, ja jatkan tästä hieman kauhtuneempana versiona!

- Olla mies? - Poika?

- Ehkä kuolin...? - Ehkä en kuollut! - Sillä ei ole merkitystä!

- On sillä! - Olemme kaikki toistemme osia kumminkin!

- Aika on vain vielä syvissä tummissa vesissä... Kuivaan kyyneleeni!

- En tiedä mitä ajatella... - Jälkeesi Nefer? - Olen hyväksynyt päätöksesi ja sen että menit pois. - Mutta kaipaan sinua kuin hullu!

- Minulle ei jäänyt mitään monesta elämästä! Lapsuus, nuoruus, nuori aikuisuus, paras työikä! Jos jotain jäin niin: Uudet tavarat, sinun tapasi, ja ihmiset, jotka mainitsin.

- Välillä en ole uskoa sinua todeksi, tapahtunutta! - Ellen tietäisi, että minulla on yhä paita, jonka sain sinulta lahjaksi, ja lävistyskorusi, jonka annoit korvaani! - En käytä sitä enää!

- Mitä haluan elämältä? - Tehdä työtäni, elää tällaisena, itsenäni! - Ja että laskeudut uuteen uneeni perhosena! - Ei, ihmisenä sinut haluan! - Että voin

olla tuntea taas olevani kokonainen!
- Me olimme!

- Minun piti jaksaa! - Kävelin levottomasti ympä-
riinsä asunnossamme ja lopulta hyppäsin junaan
pelkkä reppu vähine tavaroineen mukanani. - Olin
todellakin mennyt sekaisin itsekin, ja juonut enkä
osannut edes veljelleni. - Olin päässyt oikeaan kau-
punkiin ja kävellyt vajaan kymmen kilometriä lu-
misateessa marketille synnyinsijoilleni. - En tiedä
montako päivää olin siinä tai missä olin välillä tai
nukuin, kunnes veljeni löysi minut. Hän oli huolis-
saan kun en vastannut puhelimeen, eikä saanut si-
nuakaan kiinni! - Mutta tiesi sitten kyllä mistä etsiä!
- Onneksi minulla ei ole enää kiire mihinkään!

- Joskus, niin kuin tänään, ajattelen kävellessäni etten koskaan pääse kotiin tältä kävelyltä! - Mutta minun pitää saada asiani hoidettua! - Etten kuolisi!

- Minulla on koti!

- Olen kotona! - Siellä!

- Luonnollista!

- Menneet elämäni kaikkineen ovat pyörineet päässä viime päivät - viikot. Levätessä, ruokaa laittaessa! - Jopa häiritsevän paljon! Siellä on paljon mukavaa hyviä muistoja ja myös synkät mustat päivät ajoilta, joita en haluaisi muistaa, muistoja, joissa ei ole mitään muistettavaa! - Päivät, joista jälkeen päin mietin miten se nuorukainen, minä, edes selvisi kaikesta siitä hengissä? - No, halusin tietää!

- No, se juttu! - Se päivä kun kaikki oli mennyt, nuorena, parikymppisenä. Olimme ystäväni luona juomassa olutta puolen päivän aikaan. - Ties monettako päivää? Enkä voinut enää kuin nauraa hirtehisesti: Tässä ollaan! Eikä muuta voi! - Mihinkään ei pääse kiinni paitsi olueen!

- Olen aivan loppu, fyysisesti!

- Olen silti terve! - Olin lääkärintarkastuksessa!

- Sain levätä tänään vähän aterian jälkeen päivällä.

- Se tuntui samalta kuin kotona teininä.

- Veljeni on huolissaan minusta, juomisestani

terveydestäni, tiedän! Hän pelkää, että alkoholi su-
lattaa aivoni... - Lopulta!
- Voi olla, mutta... - Ei!

35 Visio

- Nefer... - Pääsit kotiin kuitenkin! - Kävit kotona kanssani! - Meillä oli se hetken!

- Äiti milloin lakkaat miettimässä omaisuutta, hyötyä, etsimistä... - Syyllistä...

- Kaikki on niin kuin ennenkin kanssasi! - Olisit äiti, joka rakastaa poikaansa eikä edellä mainittuja kaiken edellä!

- Kaikki on niin kuin ennenkin... - Paitsi Nefer...- Puutut kodistani, yhteisestämme. Ei sekään ei ole niin vaan niin kuin aina ennenkin, melkein, sitä elämään nähden lyhyttä aikaamme lukuunottamatta!

- Mutta puhuin tulevaisuudesta - puutut vielä tästä päivästä!

- Mutta Nefer sinulle jäi jotain mitä etsiä kun heräät joskus peilin edestä!

- Äiti kai minun pitää sietää, ymmärtää jos pyydän ja etsin itsellenikin sitä...

- Äiti olet täynnä villiä vapautta, ilman matematiikkaa, faktoja, pelkkää liirumlaarumia ilman logiikkaa minkäänlaista. - Et näe rakennetta missään! - Minkään!

- Minulle annettiin paras kasvatus! sanoitte. - Mielisitte asian niin!

- Äh! Äiti en tiedä mitä sanoa!

- Isä oli fakta. - Taivaanrannanmaalari.
- Halusitte pojan, joka pärjää!
- Noh, en tiedä! - Elän vielä!
- Kai sekin jotain on?
- Äiti ymmärrät! - Minä rakastan sinua!
- Ja tiedän että sinäkin rakastat minua!
- Mutta toimesi, logiikattomuutesi on muuta!
- Kai se minun sitten pitää ymmärtää hyväksyä!
- Siinä on kasvatukseni! - Äiti!
- Paitsi se äiti: "Työllä saa rahaa"-logiikkasi, sen ainoan ymmärsin kyllä jo lapsena!
- Tai en tiedä?
- Anteeksi äiti mielipiteestäni!
- Söin liikaa Chiliä! - Vatsaa turvottaa.

- Oikeassa valossa kaikki näyttää kauhealta! - En koskaan pystynyt, pystyisi siihen mitä minulta vaadittiin!
- Noh, ei saa sortua olemaan itselleen liian ankara! - Kipu on läsnä ja olen väsynyt! Ja mietin bussissa mitä tästä päivästä tulee? - Jaksanko vielä?
- No, minua autetaan kyllä?
- Tiedän sen!

- En jaksa edes masentua! Vaikka päivä on ollut väsymystä, kipua kaikkineen menneisyyden pyöriessä, olemattomuutena mielessäni. Kauppareissu oli hirveä, väsymyksineen nilkkakivun piinatessa ainaisen selkäkivun lisäksi! Tunsin itseni vanhukseksi raahautuessani sateenvarjoni kävelykeppinäni

vaivalloisesti ja hitaasti ostamaan muutaman olu-
en kaupalta! Mielessäni käy Deja vu:n lailla: Muis-
tinko juuri vanhuuden... Vai olenko jo elänyt niin
pitkään?

- En tiedä... - Mutta näen kuitenkin ystävistäni
kirjon itsestäni. - Sitä en aina jaksaisi! - En itseäni-
kään!

- Ja muistan tänään vahvasti sen mitä en kestä-
nyt itsessäni nuorena!

- Kaikki on jo kokeiltu sitä vastaan!

- Ei jää kuin tämä "paratiisi" ja ranta!

- Hmyhm! - Paratiisi ja paratiisi? - Nyt se pimeä
puoleni satuttaa koti-ihmistäni fyysisesti elintavoil-
laan!

- Mutta minun täytyy hoitaa asiani!

- Enkä pääse tasapainoon ihan vielä! - Näen sen!

- Noh, halusin aina tällaisen elämän! - "It's bet-
ter burn out than fade away"!

- No, ei parane vaipua synkkyyteen tai itsesyyt-
telyn. - Huonoja ja väsyneitä päiviä tulee!

- Se kuuluu elämään!

- Tiesin kyllä sitten myöhemmin menneisyydestäsi
kerrottuasi lapsuudestasi, nuoruudestasi, kokeiluis-
ta, ja käytöstä, ja sen, että osittain huumeiden käyt-
tösi lähti resepti-Amfetamiinista!

- Mutta tavatessamme et käyttänyt mitään!
- Yritit lopettaa? - Unelman vuoksi? - Nefer...

- Mutta en lähtenyt narkkarin matkaan!

- En tiennyt!

- Voiko niin tehdä? - Elämän... - Kaikkineen!
- En jaksa miettiä..!
- Mietin liikaa sinua!
- Tänään taas toivoin sinua takaisin! - Että näemme vielä! - Että saan sinut takaisin!

- Tiedän, että hyvä päivä koettaa vielä! Ja kaikki näyttää kirkkaammalta kun vain selviän tästä väsymyksestä. Kipu ja oma alentunut kyky hoitaa asioita on vain välillä lamauttaa minut!
- Uskon omaan jaksamiseeni ainakin! - Sitä on syytä varoa - väsymistä! - Se vaikuttaa kaikkeen!
- Voi kun sen voisikin aina välttää elämässä!

- Viime yönä tunsin taas vahvasti olevani kotona. - Ja miltei näin ympärillä sen "teinihuoneeni'.
- Dante...
- Täytyy vain varoa ettei ala kaipaamaan! - Yksinäisyys iskee silloin arvaamatta!

- Päivä on aurinkoinen! - Muistan... - Kaiken nuoruudesta! - Mikä seesteisyys, olla kotona! minä tunnen sen! - Olen vapaa! - Makaan rannalla katsoen taivasta! - Se on sees!

36 Ennen seesteisyyttä

- Vai näinkö unta niin kuin Scipio? - Elinkö...? Tapahtuiko... - Tuo kaikki? - Nefer...?

- Kaikki muu? - Lapseni ja ne nuoret sotamiehet...

- Scipio oli varmaan kova nukkumaan?

- Isä, äiti, isoisä... - Minä jäin teistä jälkeen! Niin kuin on tarkoitus!

- Aikanaan minua, teitä ei muista kukaan! - Pelkkä nimi kirkonkirjoista!

- Minun pitää muistaa, itseni! - En saa unohtaa... - Sitä!

- Joskus kaipaan auringonnousua! - Tänään tuntuu siltä, että se ei saavuttanut untani! - Haluan olla parempi! - Ihminen...

- Mahdoton... - Epäyhtälö taas?

- Tiedän sen jo valmiiksi! - Mutta joskus kaipaan...

- Edes tiedä mitä? - Muuta?

- Mutta se on turhaa! - Tämä riittää! päätän. Ja yritän olla miettimättä maailman menoa! - Tai henkilöhistoriaani! - Siitä kaikki alkaisi vain hiipimään ahdistuksena sitä vatvovaan mieleeni! - En kuitenkaan mahtaisi mitään!

- Pitääkö edes? Minun mahtaa sille mitään?

- Riittää kun elän, ja näen tämän paikan!

- Minulle on tapahtunut niin paljon... - Huoh! Viimeiseen pariin vuoteen, että välillä tuntuu etten tiedä missä olen! - Muistot sulavat mössöksi päässäni...

- Ajassa...?

- Vai olenko Ranskassa, Pohjois-Amerikassa, muistoissani...

- Vai missä?

- Carpe Diem! - Piti elää hetkessä! Niin kuin Delfoin luolan yllä luki: Ihminen, tiedä mikä olet!

- Tunnen tietäväni! - Kipeä raato! - Tällä hetkellä kunhan saan itsetuntoa taas vähän ylös! - Kestän kivunkin paremmin silloin! - Joskus kipu on sumentaa päämäärät elämässäni! - Tai ainakin se latistaa niitä!

- Ei saisi koskaan unohtaa! - Ei koskaan!

- Ei unohdakaan!

- Ei voi!

- Siksi muistan kaiken!

Olin kävellyt siellä suolla monta päivää, ja silloin tiesin kuolevani jos jatkan!

- Kuolin!

- Annoin sen kaiken pois!

- Ja sain rakkautta niin kuin Oresteijassa sanotaan!

- En Larry Flyntiltä!

- Joskus kyllästyn ryyppäämiseenkin! Etenkin näin kesän lämpimillä säillä kun olut ei ole nousta päähän! Oluthumala lämpimillä säillä, se on kuin rakastumisen tunne; parin tunnin suloinen alkuhuuma, musiikkia ja tuntuu kuin kaikki olisi siinä! Ja loppu pelkkää puuduttavaa juomista juomisen ilosta!

- Äiti, sinä tiedät kyllä kuka olen! - Poikasi! - Sinä pyysit... - Sinulla oli valta pyytää valo luoksesi! - Kenellä vain on!

- Minä... - Mitalissa on aina kaksi puolta! - Yin ja Yang... - Ääretön pimeys! Se toinen puoleni! - Ei paha! Ei voi vahingoittaa ketään!

- Sinä äiti pyysit minut omaksesi... - Omaksi valoksesi elämääsi! - Siksi olen tällainen!

- Isäni oli, tyyneys, lempeys! - Minä täydellinen konflikti puolieni kanssa. - Halusitte minusta tyynen ja rauhallisen menestyjän ja isäni kopion suorastaan! - En ihmettele!

- Äiti olen sinulle ääretön pimeys!

- Mutta valoni, se joku stoalainen tyyneys kaiken takana, joka saa minut hymyilemään vaikeassakin paikassa!

- Veljessäni on sama!

- Olen hullu!

- En kuollut! - Se on diagnoosini!

- Siksikö näin uneni?

37 Täysi mitta

- Ei, siksi että elän... - Näen, näin sen! - Että muistan herätessäni missä asun!

    - Äiti...! - Onko aamupala valmis?

    - Ai niin! - En pidä laittamastasi jos ei ole pekonia! Teen mieluummin omat ruokani niin kuin tiedät!

    - Kunpa muistaisin tasapainon! - Etten liho taas! Niin kuin silloin lapsena!

- Välillä en jaksaisi olla edes rannalla, tuntuu! - Sellainen on ihminen, kyllästyy, arkistuu ja haluaa liikaa! - Tiedän sen kyllä! Ja yritän kääntää tylsistymisen kiitollisuudeksi!

    - Unohtaminen on sallittua ihmiselle! - Olemme pieniä olentoja!

    - Kunhan mustaa! - Kunhan muistaa!

    - Senkin! - Edes sen!

    - Mutta on tärkeää olla kiitollinen!

    - Se on vastakohtana katkeruudelle!

    - Jäädä kiinni elämään?

    - Tai itseensä? - Kangistua tapoihinsa? - Unohtaa sitä kautta mitä haluaa!

    - Haluta väärää siten?

    - Olen tyytyväinen kookospalmuihini! - Niiden satoon! Kookospähkinät ovat terveellisiä! - Mutta eivät korvaa monipuolista ruokavaliota! - En voi syödä kalaa!- Syön liikaa leipää!

- Tapani! - Joka ei liity poikamieheyteeni! - Muutenkin teen niin! - Kuitenkin! - Ja unohdan helposti ostaa "vihreät" jääkaappiin!

- Mutta minun pitää vain taistella tämän vuoksi, itseni...

- Niin ihmisen täytyy!

- Se on UNOHTUNUT!

- Ja unohtaa ei saanut!

- Kuka taistelee televisio-ohjelmansa vuoksi? - Nähdäkseen sen orjallisesti!

- Sitä on uskoa... itseensä! - Verrantokohdaksi!

- Kaikki kävelevät yksin! Ilman luottamusta! - Edes itseensä! - Ja ylpeänä siitä!

- Minulle koti on universumi! Jossa voin olla muun, sen ulkopuolisen koskettamatta minua maailmaani! - Surun ja murheen koskettamatta!

- Totta kai joudun käyttämään ruumistani työhön, sen kaiken ylläpitämiseen ihminen kun olen! - Mutta koti on se paikka, mistä saan voimaa jaksaa kaiken!

Vaikka veljeni moittii minua siitä mitä teen...!

- Hän on mahdoton ihminen!

Mutta hän haluaa olla kanssani!

Mutta hän ei näe, ei usko, vaikka olen kertonut etsin jotain muuta.

Ja aloin yksinkertaisesti silloin öisten katujen marraskuisen loskan kastellessa rikkinäisiä

lenkkareitani olla tähän onnellinen, siihen, mitä
minulla on tässä ja kaipauksen sijaan annoin si-
nulle luvan tulla elämääni!